「XIAGUANG MANGUO」

霞光漫过

姚茂椿 著

CFP 中国电影出版社
2025 · 北京

图书在版编目（CIP）数据

霞光漫过 / 姚茂椿著. -- 北京 : 中国电影出版社，
2025. 1. -- ISBN 978-7-106-05678-0
Ⅰ. I227
中国国家版本馆CIP数据核字第2024AZ7970号

责任编辑：张　霞
装帧设计：云上雅集
责任校对：滕　森
责任印制：孙维维

出版发行　中国电影出版社（北京北三环东路22号）邮编：100013
电话：64296664（总编室）　64216278（发行部）
64296742（读者服务部）　E-mail：cfpbjb@126.com
经　　销　新华书店
印　　刷　长沙市精宏印务有限公司
版　　次　2025年1月第1版
印　　次　2025年1月湖南第1次印刷
开　　本　710mm × 1000mm　1/16
印　　张　14
字　　数　120千字
定　　价　69.00元

目录 CONTENTS

山水间

亮瓦下

慢时光

明媚里

山水间

霞光漫过

乡村改变着它的所有（组诗）

年轮

吉祥词经霜历雪　犹大块青石
祖上每一次弯腰
搬动大山的热爱和温度
默契轻落　致敬屋基的稳固

翠绿缓缓铺展略微宽阔的背景
一大群古树遥远赶来
鸟儿来过一拨儿又来一拨儿

屋梁跨上安稳的肩膀
将嗨哧嗨哧的号子
从瞭望的界坡艰难驱赶下来
锯子斧头刨子各自发声
虔敬地唱给神听

鸭塘界略微张开山口　择吉时
你耸立粗壮有力的屋柱
远方的风来自星空的神秘

温润　擦亮翻山而去的长路

虚掩

何时起　堂屋的门栓闲置
我希望传来熟悉的脚步声
是不要敲门的　默念好久的
无需惊动门内的那种

“母亲辛苦了一辈子”
汗味拌稻谷秧苗的气息
从檐下跨门槛进来
星光披在她的身后

空菜篮回忆描花绣朵的菜地
砍柴扦担藏在悲伤极少涉足的地方
晚风发出踩稻草的声音
这些都是门开关时注意不到的细节

“怀念没有门可以阻拦”
堂屋门固守某个恒久的命题
所有夜晚的等待都在推敲
你心里虚掩很久的地名和时间
只需响起咯的一声

锅碗瓢盆

砧板上千篇一律的节奏
火铺上翻动怯怯的书声
鼎罐间或朗读　稚气腾起
红薯土豆和米香弥漫

缺油的铁锅会不会回忆
火苗舔亮的无奈通红
长辈不知错在自己还是田野
食物是慈祥里的一脸亏欠

油盐寡淡无关读书考试
我以为生活一直这样
菜饭勺是有魔力的浪漫
把涝稀的字词装满瓷碗
有长江黄河　算式数字
有ABCD　也有萝卜白菜

洗碗盆趴几点油星　幽微反光
距课本描叙的香甜很远
我盯生字　盼传说故事的关键处
英雄降临　解救夜幕下缺电的字迹

老规矩

我家的年夜饭

少不了邀请外婆　她一箩筐不来的理由
而把自己作蜜　一样样分给晚辈亲戚
她不知自己能活九十多岁

似乎她逝去的父母要回　她相信
过年或阴间的外公跟她去儿子家
再亲的女儿家大年夜也是别人家
她心头的推辞筑得很高　有一道坎儿

她隐匿烟黑的老屋　慈祥的脸
皱纹苍老着细微的最大幸福
喜欢恭敬摆好供肉糍粑糖果
喜欢活着的人对祖亲念念有词

外婆有时不说出声　让我们浸润
某个很老的理念　团年
以不识一字的言传身教
相信生前有的　以后也有

猫箱

大火铺温暖的鸭塘界祖屋
猫箱使你离静谧最近
来宝远远摇起它的黄狗尾巴
灰麻色小猫躲在门后

汪汪打过招呼也是欢迎词

束缚扁担箩筐　如今杠樵弯荒芜
粮食如一些变节的词汇
背叛了祖辈的祈望和勤劳

水缸

釉色暗淡　在新木楼生长里老去
主家喜事连连　你装满了吉语

完好无损　也联想水井的衰老
子孙屋高出一头　油漆一新
新水缸坐在新火铺旁
等新水井把自来水牵来

你头顶的亮瓦最亮时　水味清甜
水面有张喜悦的表情
你为新人腾空自己　眼神相认
想让亲朋高看一眼

木楼的男人野心勃勃
有用不完的青春和力气
水缸则扳着日子计算
家里何时添一人少一人

归魂

门后弯曲的桑木扁担

不再说挑过的艰辛和血泪汗水
最后是锣鼓唢呐心里明白
把挑担人送上屋后的山岗

先人们都想无疾而终
可野兽与饥饿病痛不那样想
官兵匪患也不那样想
在古树林阴寒凛冽的山岗上
有些不甘在风吹草动

谁还在唱那首悲切的情歌
哪一个孱弱小孩儿在聆听喊魂
命运在翻越和抗争中醒来多次
我听见窗外大风呼呼地起了
几棵小树有着呢喃的表情

大门将会无缘叩响
石碓石磨走进声音的深处
往世和今生的气息还在
木楼大口地呼吸阳光

母女井

祖屋往东一百米
有各自为用相依为命
两个泉水淙淙的套井

水桶去时　小井舀出
清甜的乳汁　竹篮到达
大井尽是女人的话题

我是山寨哺育的精神血肉
祖屋用坚硬的木梁
撑起宁折不弯的脊骨
而在母女井旁　我弯腰
每舀起一瓢清泉
都要深深鞠上一躬

交衿离

你每次说到这个地方
就看见我在清明节从低处爬上去
墓碑林立　老祖坟不再显眼

祖父没来这里归山
父亲到最后也没有来
香纸燃毕　八十岁叔父肃穆
抬手指向新坟增多的地方
说他小时畏惧的阴郁森林
说长辈智斗老虎的故事

交衿离如今跑过一只猫
人们老远都看得见
还会有一些来往的汽车
每天从它眼皮底下经过

霞光漫过古树间

每个白天，都涌来一阵浪花。古树望着那些流动的阳光，对灰暗平淡的山寨，流露出怜悯同情和祝福期待。

清晨

古枫树最早醒来
盛年已去的余光四下观望
草蓬间早起的鸟雀
为山寨唱起了春光好
一栋木楼哐的打开大门
跑通宿学生一蹦而出
他迟疑山岗浓密的凝视
跑进飘满鬼故事的山谷
手电光刺向黑色的远处
他想背几句英语壮胆
却在祖先坟前高声唱起
并不传统的赞美歌
颤音滑出刚吃红薯的喉咙
加紧奔向难意料的高考
校园与山村是否默契

回村来或升学去
晨钟敲响莫测的命运

正午

汗水从庄稼疲软的枝叶
无声滴入泥土
古枫在高处感到责任
无奈夏天午间的火热
这需要屋檐遮挡时
闷热催不走她的双脚
太阳下卑微的斗笠
望着呆板的庄稼
想着可期的秋天
远处打工的钱快来吧
老人的病要不要住院
孩子学校或许还有什么收费
她腾不出忙碌的双手
汗水和皱纹在额头交织
暑热中的劳累和执着
心疼圈里待产的母猪
干旱田地上病态的枝叶

傍晚

老人并不想此刻回忆
不想出现在日渐人稀的村口

一幅流传多年的画面
令苍老不少的古枫伤感
外出的晚辈何时回不要紧
重要的是某天回来
记得古树旁长草的小路
和那些即将消失的炊烟
身上出现的这冷那痛
不是他们期盼的秋天
吃好住好村寨美了
人却像果子一样成熟
面对黄澄澄的夕阳
是不是要告诉子孙
山上一棵大树
在中秋节前突然死去

深夜

捻熄最后一缕灯光
学生沙沙的书写声
进入崭新棉被的梦境
飞雪像些飘舞的精灵
随风掠过田地老屋
飘过堆满书籍的窗前
它们相信冬夜的寒冷
冻不住丝丝壮大的梦呓
公路穿过的古枫之下
一个古老的青石供桌

铺开黑暗里少有的洁白
某个刻有印记的日子
有人悄无声息去到那里
陈列一些内心的星光

古树三题

古树：慈

老到　深刻
祈祷人迹罕至
隐匿成巫

你沙沙作响的祝福
被虚伪的仪式连根刨起
善念断了　沉静的灵魂
抱着大山不放

高大　撑不起半点儿安宁
一些山外奔来的念头
即刻放倒你的所有

古树：命

粗枝大叶
移栽在新城的广场
大山的年轮嚓的骤停

树干枝叶收回光泽
离乡后的伫立
情思幽闭

白云少了慰藉
鸟鸣不再婉转
风清凉地扫视
人为翻拍的风光

古树：悟

时过境迁　还是山野
朴拙的古树

老戏台上　是一块踏板
古装戏现代戏轮番穿越
楼梯耐心承受
什么脚上下
都知道分量

在斑驳文庙
是窗户的格雕
看经史子集传承
闻风雅颂吟咏
经风历雨　沉淀
源远流长的品格

时光拆散了苍茫山水
城镇簇新的风物志
高楼成群　翻新言词的
枝繁叶茂

画里的村庄

一条狗夕光中疲惫钻出
染黄了山里幽怨的话题
几段改变祖先腔调的歌声
铺开了村寨的傍晚

季节遂着村人的意愿
翻开沉寂许久的土地
风送上早春的信息
启蒙乡土沉睡的色彩
鸟语不时讨论一些话题

鸡鸭在路口回忆往事
黄牛一脚脚踩入金秋
岁月弯弯的田角
撒有几线饱满的稻穗
木楼飘雪的清晨
梦见一些温暖的细节

当归

急匆匆的扶罗话被风带走
蛛网开始随意走动
最好听的花猫喵声
游荡在现实与潜意识里

堂屋灌满出庄坡的灰暗
不论洒溪如何想象
生活了无生机与活力
檐下水沟见证
或是陌生人的归期

耷拉的菜叶收回视线
月光继续在蛛网沉思
木楼出生的第三代
偶尔打听家事里的前人

山花在诺言里再次开放
清晨的几滴露珠
在碎石路边瞪亮眼睛

村庄的念想

木楼抓紧灰白村路
原始次生林虫鸣唧唧
翅膀嗖的飞来
树枝颤动一下

溪水淘洗远行的浑浊
有个念想伫立路边
等穿越的身影
把立春的启示数的点亮

田野挥动几丝微风
每年的花穗充满善意
道路沿着视野蜿蜒
车灯照见了信息提速

解冻的池塘静于一隅
有趣的山水那么辽阔
村庄悟出的格言
有的闪电般刺目

柴刀在木门后生锈

一把记忆里的柴刀
在遥远的木楼门后
被杂物遮蔽

我怀念从门上
取下刀的日子
磨刀石回忆刀锋
上山的砍削剁斩

阳光的贴心到访
被屋门折射
把大块的回忆劈小
将坚硬的过节砍开
寒冬的火塘
温软如梦

刀已锈迹斑斑
木屋也沧桑衰老
村庄却像顽皮的小孩儿
周身沾满旺盛的草木

刺目灯光从城里奔来

城镇灿烂的灯海
照亮灰暗的乡愁
正襟危坐的乡俗
在村寨　按捺不住

乡村灯影明灭　摇曳
亲情的老迈
一些完整的家　碎成
四散的脚步

奔往喧嚣　小溪
数落山塘的孤陋
浅浅地问　木楼
忧郁满腹

粗细的道路　张开蛛网
瘦小寨子　眼神惊惶
摇滚的霓虹　大咧咧的车灯
目中无人　抵达村口

牧歌不再传承　有的心事
恍如白昼

村画已然陌生

炊烟从村画已然擦净
燃气灶上的年饭等待
微信叮咚成归乡的河流

成堆扯淡的老人没有再现
小桥头晃过匆匆人车
村景已被时光置换
卵石路上是陌生面孔

在几双询问的眼里回溯
我不再年轻的脸
留在以前关切的眼神里了
而它们　关闭了火铺的留恋

我向在世的长辈拜年
老木楼拆了多年　新砖房
阻隔了童年少年的回忆

记忆清晰的过年习俗
被晚辈们轻易改变

一棵倒下几年的古树
诱发那天无药的心病

黄土老路

黄土路乘风而上　入云气势
把坦坦而来的舒爽
压在山下　恐惧的山崖
名头响亮

表情凝固的故事延续
经过的人物没有预设
风一直升高　陡峭处
一些眼神看见深渊

磕碰在路面说着足音
无风　像小草私语
轰隆隆是某些心的回响
惊不醒一些行走的沉睡

大山终于弯下身子　迎接机械
林木产业　重生的路面
掠过轻风

固执等待

几声仿佛的狗吠
被夜色轻轻吐了出来
古树黑成一大堆寂寞
枝叶摇动很深的心事

路灯回忆往昔的仰望
没人再穿过那些光亮
它们固执等待

村路弯曲阴暗的那头
是荒田和废弃的菜地
黑得浓稠的青山
没什么能划开惧怕

一阵大风开脚奔来
山谷打个长长呼啸
童年胆怯经过的地方
几点星光泄漏出来
老人的声音忽隐忽现

鸡冠花

难忘月色的坚守
一座梦乡的老屋
鸡冠花在屋门外昂首
伫立比太公还老的静默
风趴在树上
轻轻地　喊你一声

风声　坠入花朵的回忆
看你轻展四肢　满面
醉红

草木的足迹渐至浓密（组诗）

朝云起的方向回家

上高铁　像喜事莅临
说与长辈的话　扇起翅膀

求学城居的打算山重水复
困守跳槽的思绪不时荒废
幼年的斗笠蓑衣挂在楼角
笨拙回忆农忙
肩肿脚痛手板脱皮

千里外的校园
哦嗬一声　飞来眼前
父母眺望的寨口　青春
还踮着脚尖

双眸走过打工的故事
火铺飘起团聚的香甜
祖先护佑的风水树

——隐入都市的云烟

从群山静谧深处
唤出悲欢交织的眷顾
故土前仰后合的菜花
晃动亲情
拽着童年　一次次回家

家乡话

在异地他乡　你的方言
拥抱面熟的方言
揪心的流水线　泪眼顾盼

携父母的叮咛进城
童谣裂开伤口　洒满
流浪的月光

净洁的公交地铁　不驶向
绵长的乡路
村庄的每声问候
被告别　重重踩痛

在南朝东

目光　在寨前流淌

不倦追问　像小溪漂洗
山峦的灰暗
长年低沉的木楼
静默守候和凄迷

晨雾在喜悦中拉开　农时
徐徐走过严寒
鸟群的歌声　飞出南边山谷
斑斓的花朵　沿山坳
一丛丛传播过来

游动的雪

轻细的表达　闪现
消失　闪现
洁白地　从远岸涌来

洁白的翅膀
路途　洁白
洁白的期许
梦幻　洁白
游进　白茫茫港口

这深冬时节
漫山枯黄已经飘落
溪流萌动春汛

山寨苏醒着梦
无穷而洁白的呓语
才向你游去

心灵的倾诉　在长空
纷纷扬扬　一朵洁白
一句小小的情歌

飞入纯洁的坚守
漫天雪中　不要问
哪朵雪花　是我
我是　哪朵雪花

幽长空谷

在幽长空谷　无数山泉
编织一条溪水
山花从草丛探头
想洗去脸上的疲惫
游鱼穿过寂静
要游出某种遗憾

几块石头　在溪岸
点缀几段回忆
起伏的滩下　宽厚水塘
倒映心灵的空旷

云朵伫立　看几株古枫
用红叶默默招手

野鸟幽幽　唱进
往事的歌里
松涛偶尔经过　就像响在
另一个世界

年成

我是A山茶树时　以嫩芽
迎接春风爬上树梢
细虫闻风飞来
茶农熟练喷洒　美其名
护我不受侵犯

我是B山橘树时　冬风从山脊下来
挂满的果子没善解人意
寒战中毫无成熟打算
果农把急迫融入水里
淋湿我的全身

喜悦的年成不是A+B
锲满的因果
愿望不一定都甜

三月泡

轻浅的十六岁脚印
在最热的夏天出山
路坎下的平溪
把晨露滴在三月泡上
使挥别父母的话题
多了月色和星光

路里坎的三月泡
见过中学的某本教材
以酸中带甜的叙述
回答似乎注定远去
读不圆的普通话
来不及回望某个眼神
随平溪融入㵲水沅水

每年通红的三月泡
见过女同学捧书的倩影
回忆的每一次经过
都舍不得伸手采摘

人声从空谷散去

穿谷而过的青年
鬓发斑白在都市他乡
渐行渐远的农事
抹掉当年的脚印

拥围小井的石头
偶记起城里的口语
倒映木楼的水塘
泛起洁白的空旷
几株被唱过的大树
摇动怀念的枝叶

小鸟曾在山顶吟唱
“知青” “知青”
晨风从芭茅草上走过
雪白芦花　纷纷落下
往事的枝头

湘西山居

夜空
像缀满宝石的绸缎
覆盖曾经的一切
闪烁的星光下
夜色
用虚无掩埋空巢和小路
白天的精彩
渐渐平息
几只山鸟轻轻地喊
翠翠翠翠
故事中
没一点回声
静谧
覆盖了无数过往

诗意走出夜色的乡村

黑夜抹掉狂躁狗吠轻浅人声
归乡路上　我像个梦游者
悄无声息　许多亲友不见了
盘山路途的人　低头不语
村口的张望者　面无表情

恐慌从一株幼小植物开始
在窸窣风动中　加重心事
从一块旱土　到另一片田地
找不到熟悉农具　翻耕心境
贫瘠　枯瘦　润湿　肥沃
好像与现在的我　毫无关系

我知道许多乡人想奔出夜色
像我外出多年的同辈　打过工
在子女不愿返家时　独自回归
我怕见懂得矜持后迷茫的双眼
它们不再为见过的世面激动
我也怕听见一朵枯萎的花

在长满往事的山坡　与风对话

我看见朴素的哲学
从山寨坑洼的地脚　吆喝出发
使亲人一代代义无反顾
他们想做幸运的种子
随风飞上城市的屋檐

暑假记

那天空荡的公路上
噼噼啪啪跑来一辆板车
是地钟寨或是伞寨的
推车的两汉子大汗淋漓
旁边搭一把手的妇女
撕心地哭出声
她大喊一个名字
躺车上的男人没有回应
他倒在收割稻谷的田里
倒在赤热如蒸笼的正午
精瘦的身子是否藏有病根
是否劳累过度而中暑
我不得而知
他们将板车歪在路边
抬人从一条弯曲的田坎
奔向几百米外小医院
呼天抢地过洒溪时
溅起的水花如眼泪在飞

说出的忧伤像大雪弥漫

纷繁的想法酝酿很久
每片雪花　都带上
无声鸟飞过的情绪
它们不约而来
没顾及你的孤寂苦闷和漫长
忍不住说出万千忧伤

没谁能阻止雪花弥漫
如你一样心绪敞开
天蒙　地空
无声的倾诉不需设防
喷涌而出的词语
是你的简洁和无限重复

烈焰，吸干乡间无数溪流

抒情过度　太阳让稀疏草木
失去定力　庄稼咬紧干瘪的乳房
吸不出一笔一画　一声读音
平平仄仄的路　倾吐
灰黄的尘烟

干渴的绿色　张口摇摆
小青春诗意　变得狂躁
为半碗水　打架　咒骂天气
不管写过多少次爱情　多少首诗歌
一溪溪流动的意境　没了踪影

问苍天　翻出记忆中水的模样
没有笑脸　连有气无力的安慰
也无一句　枯瘦歪斜的禾苗
在焦裂河床边　眯眼

情诗中的雨水　躲躲闪闪
乘坐某朵云头　一声不吭

（2013年长夏，湖南山间因旱断流溪河无数。家乡新晃遇上40多年未见的旱情。）

乡传暗淡还亮

这天遇到的第十人
照样帮人挑沉重的担子
他身后悠闲的老人
说重担是他的
那些年人们乐于助人

良俗像常见面的亲人
眼下变成偶遇的老友
老人和他无忧的前辈
把养育好人的事告诉我们
春雨润物地传承赞誉
像他时常唱歌讲古
在歇凉的亭子里
在温暖的火铺上

而你们女孩子家
贤惠人到处都是
不管遇过多少老婆婆
她有趣的想法
她的勤劳和经验
只告诉你们女的

与家乡水邂逅芙蓉楼前

家乡的潕水，在芙蓉楼不远处与清水江汇成沅水，向洞庭湖长江大海奔去。芙蓉楼，留下王昌龄“洛阳亲友如相问，一片冰心在玉壶”的绝唱。

一

对视　扭头西望
我们心有灵犀
你携乡音的问候
怯怯来到芙蓉楼前
用久盼的语词告诉我
何日见过
家乡的亲人

二

遥望和追思铺满水面
涌过游子的胸襟
宽阔了庙堂江湖的话题

故园奔腾而来
我放出心中的小船
在夜郎西的迷茫中
载着离愁
飘出无际的群山

三

沅水轻握两岸　向谁倾诉
古黔城一片冰心

沿王昌龄的足迹
流放的马蹄伤感五溪
老城巷口　忧心眺望
唐朝的那轮明月

一只时光的蜘蛛

一

从绷紧的沪昆高速有序穿出
凉亭　漫长的等候松了口气
笑眯眯　没有说话

迈入老晃城　时光飞速流过
柏树林　旧石器遗址
数十年前全国十大考古发现
犹在桐油溢香的昨天

数万年前的砍砸器
凝固成书本记忆
遗址旁厂房　村民忙碌
做大侗乡黄牛的名声

牛肉红米龙脑樟　上高铁
进机场　香飘涌动的资讯
回望的游子　用心一嗅
闻到时光的芬芳

二

长虹卧波　两座往事穿梭的桥
在㵲水　飞进侗乡天空

花阶路　从山寨额头
奔向西南　抗战记忆
贯通过境的湘黔公路
从崖深雾锁的雪峰山
驶向芷江机场　战鹰掠过
回应救国的高呼

军车过去　逃难人群
给晃县　源源不断新闻
旅馆茶楼　厂家小店
印数不多的报纸　用胜利
照亮阴郁的山水

湘黔铁桥　从1972年的人海
轻轻跃过　新城一蹦而起
火车鸣笛驶来　青烟一缕
刻入幼小的美丽

三

老晃城　装满故事

一只时光的蜘蛛
从唐代渭溪县　五代晃州
牵出无数缠绕的丝

花阶铺过西溪　挥别老城墙
凉伞走进岁月深处
唐代羁縻晃州　清代通判署
汛外委把总署　巡检署
把数代先人　绊倒石板路上

穿过禾滩平溪　牵起中寨石凉亭
几百年的古迹　不会汉话
官府坐镇老晃城　古代近代
向大山　虎视眈眈

我沿断断续续时光
徜徉唐代古夜郎县治
探问清代晃州直隶厅来历
官衙庙宇　没半点蛛丝马迹

四

每次回乡　我重温太阳坪
抹亮广场的阳光

观望的暖风　羡慕
机关大院的出入动静

夹包的　推单车的
笑容可掬　遥远

求学归来的　部队回乡的
使劲搓洗带泥的脚杆
我们都是大山的孩子呵
机遇何时明亮
照透大山深处

调大院工作　春风拂面
而心事沉淀　肩挑泥土的分量

五

让人失魂的书店　不用侗语汉语
喊我名字　杨吴姚数姓始祖
开疆辟土　没留字迹书本
时光抹去老照相馆　飞扬的青春
爬满皱纹

乡间城郊　讲台岁月
县城是个希望的圆心
浮桥日起夜伏
流水多了思虑

一头挑棉被　一头担书籍
我走向古镇高处的中学

浮桥　走进了百年历史

龙溪口大桥　是新结识的文友
想往事时　拍它的肩
嗨　可记得挑书经过的青年

六

沿平溪寻觅散文的灵魂
去㵲水邂逅诗歌的神韵
灯光昏黄　老歌如泣
驱赶山寨的孤寂

农田晃动劳动的诗句
晨光梳理贫穷的枝叶
酒店塘朱砂　点不红暗黑教室
白稿纸　画出浅浅希望

写夜郎西迷蒙月色
听首都作家教授讲座
年轻学会的首批会员
跋涉文化的溪河群山

假期是文朋诗友的节日
遇见就是“四月八”“六月六”
失眠的日子省吃俭用
翻山越岭　去文学中赶坳

七

歌声涌出屋后的喇叭
抒情　从记忆深处
淌过蛮荒　潺潺流来

当初不解隔壁大叔
在艰辛的山上吼些什么
爱情曾经无论贫富
音符闪光的情歌
牵动树上婉转的画眉

我山间的歌喉没有张开
民俗的童声开始消散
花阶　在步履前没有错觉
歌声走去　飞扬开阔

八

晃州晃县新晃　鸭塘界扶罗
血脉相连的山间寨子
牵挂花街　春节清明节
乡音踏响

母亲走过的肥沃农田
父亲跋涉的热情山寨

丰盈读书教书的时光
洒溪平溪　浓厚汗水的气息

从天浓山翻雪峰山　到岳麓山
山山相连　成长期待
教育小高地　山间小粮仓
自信着生态优美的平溪小镇

九

乘上飞速的沪昆高铁
跃过厚重的国道　俯瞰火车
湘黔线还从前一样慢吞吞
过往　被盯成蚯蚓千足虫

潕水按下年代的快门
公路桥　铁路桥跨入历史
龙溪口大桥拉近龙溪古镇
一线吊桥摇荡夜郎古城的诗意
风雨桥　绘出壮观的广场鼓楼

伫立桥头　看远去的唢呐
送走民生多艰的往事
傩戏咚咚推　唤醒山野的春意
车轮脚步　在守望的歌中
穿过思念洗净的清晨

端起米酒　恭敬敬给明天
濉水在耳边清澈细语
回忆流淌　走过老家的木楼
和五颜六色的山野

霞光漫过

亮瓦下

沉寂中打理秋凉的村庄

秋风凉　没有偏方良药
医治远方村庄的失望
筹谋打理　我格外珍惜
村里的草木泥巴

没有多余的庄稼可以挥霍
奢想不能用来满足什么
在空寂的路边栽下果木
开花结果　见证勤劳和努力

为经风历雨的楼房
填补祛除伤痛的泥巴
恬淡喜欢细小的花草
斑驳的门扉沾上清冷
问候可以轻轻叩响

风雨还会照常光顾
冰雪也将前来走动
好好爱惜那些草木枝叶
扎牢几圈温暖篱笆

使村庄的畜禽安心过冬

溪河又将声声远去
天高云淡　抬头望远
炊烟的心事默默消散

我的胞衣地[1]（组诗）

寨口的树

蹑手蹑脚　人们将一堆高兴
掖在你浓密的枝叶里
竹篮撮箕　装着牛儿
血肉的胞衣

牛降生的日子　我们也会
呱呱坠地　而我们胞衣在哪
天知地知　我们不知
你抿嘴不言　一脸沉静

冬去春来的寨口　老牛
若有所思　山寨婴儿的啼哭
枝繁叶密　心事葱茏的你
没漏过嘴

疑惑和猜想　从未挑明
我们与生俱来的胞衣　应在
某个角落生根　化泥或默想

隐喻暗示　肉身的去向

我曾向父母摇头的目光　寻问
寨口的树
笑而不答
梅笑[②]啊我们难报孕育的恩
只想让流浪的思想　懂得珍惜
生命的一些　唯一

便桥

一回回越沟过坎　我不知
脚下许多便桥　谁架的
杉树枞木横陈溪涧　如山间
一道道坚实的彩虹

铺垫的姿态　在风雨销蚀中
慢慢衰老　若洪水将你冲垮
虔诚的架桥人　会再次出现
默默架设　那个愿

一个积德行善的习俗
让便桥　雨后春笋般繁衍
老人深信　头顶有双
善报的眼

我想说　架桥的人

便桥也是你们　粗糙的树皮
像勤劳的手　脱掉的
是一层层苦命

一根根长树搭起便桥
摇晃我们当年的稚嫩
老人沉重的想法走过
我的心　战战兢兢

歌坳

葱绿鲜活的情节
在眼前　不时晃荡
树上滴落的歌声　在山坳
像放光的珍珠

一些　是揪心的往事
一些　是摄魂的情歌
难忘的面孔　有说有笑
逐一出现

祖辈掘开的山泉　日见消瘦
巴地草　掩没父辈的坐痕
我眺望高处　歌声徐徐远去
无数翅膀后　一闪一闪
是张望都市的眼神

山寨男孩　脱下民俗
求学　找工作去了
坳旁　美丽歌女更美的女儿
丢下歌声　跑沿海打工去了
…………

歌坳　梦少人稀
我心中“珍珠”撒落
撒落　一地
刺目的忧伤

雀坳

唱歌的画眉　陈述
山坳赛事　输和赢
令男人们如醉痴迷

往昔的歌声　捕捉
赶坳的浪漫　头鸟
一声哦嗬　迷倒无数
单纯的心灵

如今的鸟王　巧舌
变为厉嘴　生死打斗
啄碎山花悠久的抒情
赶坳的憧憬　一些
张扬滴血　一些

遍体鳞伤

古老的雀坳　花败色衰
寨前坡后的赌斗
让美与歌唱　无处立足

“冠军”的荣耀　是随人进城
进入陌生的漩涡
硕大的莫测的　“雀坳”

草标

一根　一束
扎成草结　如情人心中
倾吐的承诺　如众人合约
刻下的款书

路标　像灵泛的山娃
为远行的足迹　指引
井标　像轻盈的姑娘
在泉井边　舞蹈
界标柴标　是威严的寨老
令所有邪念　退回

一个没有草标的莽林
曾让许多心灵　迷失
伪善的路碑没有怅惘

站在　蛊惑的路口

森林和寨老　纷纷倒下
不知草叶的怀想　何时
又漫山鲜活

当下　信任已经失血
许多苍白　频频回望

秋后的稻草堆

你柔软的草窝　为小孩铺垫
开心地摔打　苦练的翅膀
迷恋高飞　远走

慢吞吞老牛　误入你的稻香
一口黄草　嚼出年轻青翠
嚼出　使劲拉着犁耙的细节

你让山间的纯真　自然拔节
秋山傍晚的汗雨　淋湿
满田扎脚的稻桩　兴冲冲
挑来稻草的少年　长高长大

你像金黄的梦　缀在小路的枝头
回望寨口　还金灿灿告别　挥手
我们远离家园　不是飘香的稻穗

在山外　是一群沉甸甸的思想

成长的梦想和艰辛
游走都市他乡
故乡草堆　在记忆的小路
一丛一丛　点染急迫的心情

我看见前方　数不清的乡愁
正一片一片　金黄

① 胞衣地，湘西侗乡对个人祖居地、出生地的总称。

② 梅笑，侗语，即妈妈、母亲。

爹亲娘亲（五首）

我看见妈妈走过

迈过寒夜　我看见妈妈
经过新年的门口

脚步声慢慢走远
叮咛在身边跟随
依依阳光里喊声妈妈
旧年的梦　一个个醒来

儿女逐渐晴朗的心上
飘过雾霾　涌过洪水
山塘溪河　也流走
最后一滴眼泪

妈妈生命的时光　已不用
双脚行走　但她记住年节
用一些光　照着我们
每年平安走过

父亲耕耘过那些山坡

早出晚归的足迹　在那些蛛丝小路
把父亲　由中年变成老年
密密脚印　从青翠山脚
翻过　两鬓斑白的山腰

亲密的汗水泥土　执着松灯下
苦口婆心的根茎枝叶
让一行行天麻川芎杜仲　美丽地
爬上山民的笑脸

携阳光雨水　父亲播种许多村寨
用大碗米酒做底肥　茁壮的药材
告别那些山坡　笑眯眯领回
许多红彤彤的奖

父亲从山腰　爬到老态龙钟地方
千里之外　我看到他迷蒙眼神
游走当年山坡　而黑色的泥里
找不到　那些光彩照人的药

妈妈稻田里的禾苗

童年　在妈妈耕耘的稻田
爬出触须　感受泥巴水的声息
张开枝叶　凝听母爱的足音

成长中　我们梦想

开花结果　一生完美
还像童年沉醉母乳
索取家乡的营养

风雨之下　妈妈瘦弱的手
扶我们慢慢茁壮　远行告别
直到看不见　她伫立的村口

远走他乡　我们开枝散叶
在妈妈耕耘过的地方
长出旺盛的亲愁　让时光
牵肠挂肚　彻夜难眠

家酒

父亲的来电　飘着酒
母亲烤酒的火候　像她油灯下
穿针引线　贴心的针脚
在灶台滴答　家的韵味

我捧起酒杯　凝视父亲的满足
糯米的绵长　红薯的软润
苞谷烧心的滚烫　那种期望
像对儿女一样

离家多年　我一次次倒满
远处的思念　浓郁的粮食和水
温润家的牵挂　一壶苦闷
终于找到出口

一串叮咛　反复回忆
亲情碰杯的脆响
故乡老屋　恍若岁月的陈酿
弥漫　等待

一轮醉月　爬上心头
我满身酒香　像前方小路
歪歪扭扭的　月光

跟一担摇晃的稻谷回家

妈妈挑起沉重稻谷
扁担上的夕阳　闪了三下
记得她挑春天的秧苗时
夕阳倚着那天的扁担　一动不动

母爱里的我　从秧苗变成稻谷
妈妈的青丝　被岁月染成白霜
跟在一担重重的稻谷后面
我曾是一篮无忧无虑的青菜
一担没有削去枝叶的木柴

白霜飘向我的两鬓　夕阳里
已没有妈妈挑担的身影
只在回忆里年轻的田野
我才是当年的青菜木柴
才能跟着往昔的稻谷
晃悠悠　回家

重复节日的相见

雨雪途经桃花源官庄
春节在远方老屋等待
幸遇寒冬放晴的归途
逶迤盘旋的雪峰山
更愿我在雾散的山头
俯瞰年味浓郁的五溪

阴雨回乡挂亲的日子
车和人从长沙流往各个方向
清明悠远的天边
有我母亲和数位亲人
车流在地名扶罗的地方
扔一滴孤独的眼泪

高铁拽来长假五一
也带来国庆闲暇的休憩
往昔两天归乡长路
在老父多年的翘望中
急迫成高铁的两个小时

再回不到那个节日

盼月亮　圆润丰满
像婴幼儿饥饿　盼母亲
揭起节日的衣襟

月最圆最亮时　乳白月色
从远山漫出甜意
老家农历没见过月饼
“八月十五”　儿孙像候鸟飞回
带自养鸡鸭　储备很久的心意
去到父母身边　去到
年岁辈分最高的长者身边

春天的播种放养　结满果实
新米酿的烧酒　飘起清香
而某年这天　无娘的残缺
覆盖了那个节日

破碗花

闭拢笑咧的嘴　风雨中
你出入大人说出的故事
给我们上学路　增添敬畏

长辈用严肃神情　警示
打碎你　捧不稳饭碗

我们自律着手　等待长大
有人却用试探的竹竿
敲碎你的花朵
也敲碎小小的畏惧

山娃们终会长大
我在你相望的黄连旁苦想
手无禁忌　还是心无禁忌
与破碗有关的那个花语
是否黄连一样　有些苦苦的灵验

熟悉身影在山头晃动

枯寒一冬的草木春天疯长
它们覆盖母亲的坟茔
与懵懂无知的小鸟
看我翻山远去

那时外婆的眼神星月暗淡
草木一年年蓬勃后枯萎
安眠地为她无声铺开
上山的小路人迹渐稀

当我每次山外归来
发现又少了村寨的老人
某年蹒跚而行的父亲
无力爬上熟悉的山坡

默默仰望苍翠的山头
熟悉的草木深处
不息晃动老人的身影

老照片

木椅　一岁的我　母亲的手
对面含笑的摄影师
为啥没摄下母亲的面容
长久怀念将照片泛黄
拍摄地已无过去的痕迹
照片上没露脸的母亲
用立冬的黄芭茅　迎春的嫩草
装扮等待清明节的庭院
简朴青石墓门
字迹不再醒目
小树探头　一看二看三看
读不出我的名字
细雨抹亮模糊的回忆
那张抽屉底的老照片
将山风捧回稻田边的草丛
母亲黑衣袖里伸出的手
稳当扶着我的童年
一岁的幸福端坐木椅之上
一堆黄土相隔多少年了
阳光还在那些草叶里
刺痛双眼

鸟语纷纷明亮

出门上班听到的鸟鸣
与小时和母亲去砍柴
听到的那几声极像
扶罗村的人声被洒溪
潺潺覆盖
坟墓在山岗上发黑
阳光还没从山那边爬上来
我跟随母亲身后
听水声强调不息的恐惧
一直在两边山色里浮动
终于看见砍柴的山了
一阵一阵鸟鸣划破阴影
让我看见一声接一声的光亮
努力地迎来奔来
我一直没把害怕告诉母亲
在她成为墓地间的一员后
我再没有了那种害怕
窗外鸟语或在提醒
清明节快到了
回忆里母亲的声音和鸟鸣声
纷纷明亮起来

晨光短暂

磨蚀的笔尖写过家信
粗黄老纸　怎样下笔
都喊出旧时的饥寒和病痛
村路蜿蜒　晨光短暂
草木一片迷蒙

老话刻在石板路上　模糊
亲人走过的足迹　出殡的母亲
不说疼痛　前辈的顽疾病体
先后远行　风雨迎面飘来
纸上　湿漉漉一片

碑墓

无数拜谒的风雨　没有谁
告诉我　我的妈妈
多少次倚在这儿　等着
家亲晚辈喊她

摆上妈妈爱吃的米粑　我相信
有的香　结痂在青石板上
碑门　一年比一年灰暗
青草　照样鞠躬作揖

碑右上方　妈妈的尊称
稀疏在翕动的唇边
我只是三粒小字　在左下角
长坐　直到字迹消失

车声浇浓愁绪

新晃城寒冷渐起的夜风
陪我守护病重父亲
下晚的路灯不似往昔安宁
街巷弥漫忧郁

车灯体会不到失眠
亮闪闪从窗户无忧跑过
由东向西或反身转回
轰隆隆地亮　暗一下　再亮

我想静谧里轻轻入眠
无奈车声的风太大
药味飘过的夜晚
我被梦拒在门外
灯光一样灰白

笑容从面颊飞走（组诗）

冷雨敲窗

雨声淅沥立夏后的五月
诀别的寒冷　凌晨灰暗
父亲的呼吸湿漉漉漫开

窗户响着最冷的雨水
像在重击头部工伤的父亲
我断定那些响动
为痛预谋了许久

前些天还忆旧的父亲
不再看整日打开的电视
不用吃治病的药了
职场后遗症抹去
裹着乡村往事和家人祝福

回忆走累了
窗户闭紧嘴唇
周遭熟悉的声音

全被寒冷冻住

客厅的门板

你被抬上门板
呼出最后一口气
木板会陷入怀念

我寄望天降神迹
像你田间接到录用通知
命运从深山一路走来
这么多天的滴水未进
难抑内心的暴雨淋漓

门板想象高耸的祖山
前尘往事　风寒冷暖
山风的每点翕动
牵动呼吸的丝丝气力

没有老屋火铺送终
县城的旧门板　坚硬冷痛
诀别的传说老了　却为你
打开去天堂的大路

寒冷漫延

我身心战栗

屏息的金戈铁马
无以阻拒它的临近
我与父亲之间
哀号已陈兵布阵

噩耗何时探头
用繁复的乡间农事
浇灭你当年的进城愿望
又从我心尖胸腔腹背
用力浸透岁月的感受
隐于凡间的风雨
冷冰冰弹奏
一段安魂曲

两天没睁眼的父亲
脸庞放空了表情
山民般诚实的时钟
冷风中滴答凌乱

眼皮上的叹词

电灯白天黑夜惊讶
又几天没好好合眼
它对父亲全神贯注

白天像个短暂逗号
又熬过一次长夜默念

意味又有神来之笔　表述
父亲生命的继续

监护仪前　我努力睁开
有你的一天　像在街头
寻找你的拐杖脚印
脑梗后的语言　省略简练

佳话当年　从县里广播
传往省市　一人卸车车重货
做几乡培植　坚守乡村几十年
一个叹词跳上眼皮
屏幕一闪　牵动喜忧

这次的叹词垂头丧气
比左跳财右跳灾多了沉痛
我们使劲睁着双眼
无法承受神秘的重

慈爱的体温

父亲手捧小小白兔
温热放进童年的手心
我此刻的回忆　伸向父亲的手
像接过每期读书学费
与外出的求学路费
可那白兔已经跑远

几十年农家米酒的暖和
还在传递不息生机
小白兔潜行在哪儿
给我当教师用的机械表还在
为我外乡御寒的黄大衣还在
小白兔不再回来
带走了快乐和成长

忧郁的天空阴沉沉的
噩耗会不会仿若闪电
猛然击中雨里的奔跑
掐断白兔　温暖的存在

笑容从面颊飞走

父亲猛然睁开眼睛
我们用细腻纸巾　为他擦干
短暂柔软的眼泪

警醒和呼唤　追不过生命
远去的速度　神光降临
快若闪电　惊飞
无助绵密的睡意

还想和你解释
身体捉迷藏的指标

戒酒少肉控饭及不满
听你讲述　县大队剿匪
没遇匪的故事　奖品斑驳
守不住缓缓的呼吸

诀别是飞去的光速
是不可违抗的神意
它丢下一阵狂风暴雨
轰响的蹄声和嘶鸣
猛烈撞击这个清晨

盖棺

只能最后看你一眼
盖棺后的面容　雕刻
拿走表情后的冰凉
是想你的呈现　复制

模糊　无助无用的词汇
凌乱地铺陈和覆盖
棺盖缝里　无需路灯
与下乡夜路的手电
咔嚓一声　无情的夜色合拢

孝顺是亲情的无限动词
为祖父满婆外婆和舅公
铺垫温暖　块把钱几个蛋小碗肉

一件衣　两桶水　半担柴的晚年
向从容变老的年岁登高

勤劳是草木枝叶的赞语　风中雨里
冬夏春秋　散居乡人的山岭
用厚硬的脚茧　走进木楼心里
你操心晚辈　操持简朴的家务

信义　是会发光的词汇
借资救急　亲友的红白喜事
从天到月　一年一生
一辈子执着努力　爬不上
更好的高坡　以最后平静
登上生命　九十一级台阶

在村口　一声哦嗬

哦嗬——尾音拖着
孤独　在寨前定格
凄清的傍晚

生命的元音　张着双眼
五十多岁的妈　手牵
九十三岁含泪的外婆　和九十九岁
耳聋的满婆　数年几场哭里
拉开　一张张木门
迈出无助的堂屋

我心存忧伤　融入木楼的虚无
先人回家的传说　沿炊烟而下
照亮火塘的黑夜
渐至无声的山歌　深情回眸
远去的家亲
坟山　升高了悲痛
添几堆　无言的新土

我合上回忆　深陷

不再熟悉的村口
心语挪不开脚步
一声哦嗬——
哀伤　沾满了新愁

溪边的山添了一些悲伤

一位老人走了　怀着眷恋
把悲痛　留给几个送行的人

他修整过的小路　在斜坡
完美如初　几块土由生变熟
与他在寒夜交流

融开冰雪　绿草爬进那片
为他撕开的口子
他躺进身子　喜欢的植物
渐渐依约而至

山头不时哆嗦　风低下腰身
小路把往事细细盘上山去
一些树一些草看似无言
溪水嗅到了悲伤的味道

萤光

木楼孤寂　怀念
在心神里暗淡　母亲的忌日
香纸灰烟和供品药味
游动亲人来过的气息
灯盏摇晃
模糊烟火月光

父亲去世　家灯再次关闭
回家的路不再明亮
一扇紧紧关闭的门
不能用手敲开
忧伤在黑夜繁殖
删除复制粘贴
天堂的萤光

年夜饭

过年没回那叫扶罗的地方
没去洒溪边的山腰
为母亲烧香纸摆贡品
没去龙溪旁山上看父亲
他们或许已来千里之外
默默看我们准备年饭
妹妹寄来的土鸡慢慢炖着
腊肉洗切完毕
母亲喜欢的糍粑煎出香味
该吃年饭时
省略摆供却没少一丝怀念
心里喊他们一声
妈先吃点儿菜吧
给你拈了糍粑鸡肉鸭肉
爹是否看见
你喜爱的白酒
在空出一角的桌边
画一条长长的弧线

花香渐至微凉

祖父安享重阳节时
我从儿童节眺望远方
父亲以高龄辞别重阳
我额头掠过秋天的微凉

不知枝叶浓密的黑发
何时扇动灰白的翅膀
枯黄点染一些枝头
愁绪开始与冬风摇曳

重阳的路途缓慢顺柔
消失了祖父父亲的背影
我见过硕果压弯的腰身
也理解草木最后的荒芜

时序从春夏染黄秋冬
沿途点缀日子的枯荣
命中一棵一棵金桂
渐次飘出年岁的花香

年少装下的声音

扶罗村木楼洒出一些碎光
灯光里流出金属和皮质声音

石板路听惯大舅他们的足音
把某段夜色拼接起来
联通那些过年的回忆
我喊过他们进屋吃甜酒
这几个每年敲闹年锣的人
锣鼓声是他们长出的翅膀
想飞入哪个家
就闹热哪栋木楼

久远的闹年锣声如今在哪
扇动大舅他们生前的翅膀
我年少装下的那些声音
回家乡每走一步
都晃荡回响

失眠的月光

从昨天浓稠的时光　探出一片
起头的歌　不是忧伤的紫云英
而是一路杜鹃　花瓣沸腾
哀婉述事歌　倔犟农事歌　醉人
情歌　锲而不舍　红满山坡

步入老家　需用拦路歌
唱开山寨的封面　打开
歌词的堂屋　从厢房放出
叽叽嘎嘎　文采灵动的鸡鸭

在老家　亲人的歌谣起早贪黑
安慰干涩的农具　抚摸弯腰的扁担
对聆听的牛羊反复倾诉
用失眠的月光　照亮
外出亲人的牵挂

爬山

先人如晤　别后风冷
我们的来路　细雨纷飞

我远处下车　双眼进入
山间模糊的画面
落雨如墨　笔画线条色彩
耗用过去许久的回忆
父母不喜欢的闪电
被我埋在心底

清明堆积的思念感怀
是我们一直爬的大山
祖先在那山上
父母在那山上
一直爬　每年如此
直到自己年老力衰

乡小村小（四首）

村小

插班村小　光阴从小街
懵懂退回金鸭子的传说　木楼
成排爬出黑白莫辨的背景
摆在油画的阳光下

习惯如图腾　像上寨人共一口水井
鸭塘人共一个姓氏　一个教室
两窗光亮　三个年级共一个老师

一栋烂木楼　操场巴掌大
上课敲响悬挂的铁砣
村寨时常饥饿中苏醒
蒙昧开眼　聚焦歌声

老师像套种的老农　这种红薯
那种小菜　边上种玉米
雨雪霏霏时　校园空落

乡中心小学

童年走进“宽阔”的校园
与中心小学一起自信
蒙太奇于田坝边的乡政府
令人羡慕的税务所信用社邮政所……

乡“中小”辖下　有岑庄降溪八岱……
像窝与蛋　村小的窝小蛋少
一个老师三五学生　羡慕
从弓判克寨[①] 调来的杨老师吴老师
一声“老师好”　他们有些满足

“中小”奋蹄前行　俯瞰
山间胆怯的童心
考试　闪过几条鞭影
它昂一昂头　远远地
把村小丢在后面

大菜篮

大菜篮不会说话　空腹时
在堂屋角落孤寂　大晴天
斜躺屋后阳沟　晒瘪瘪的太阳

我跟大菜篮东摇西摆　小脚步

缓慢在母亲身后　绊倒我的野菜
养育过牛羊　也让晃荡的空篮
有过灵魂

放学后的田边溪旁　找喂猪野菜
几蔸甜蒿旁　唱句一年级的歌
一蓬刺藤前　像碰上众多亲人
见到香粑菜野蒿菜地地菜克麻菜

说起沉而又重的神话
家猪瞬间变大　上交食品站
大菜篮　理解我们乡下
自家没吃的　也不亏欠国家

同学的外号

同学的外号　此起彼伏回响
像学名蜻蜓的翅膀　俗称沙秧的
叶翅　回忆里翻飞

有的笑脸不知所往　外号
来到耳旁　劳动课欢叫
斑斓少年的心　汗淋淋外号
瘦小的锄头扁担撮箕　一哄而起

呜哇喜欢秧苗　那年考试找虫
答出虫名危害防治　满分

他兴奋吹响秧叶　“呜啊呜啊”
像婴儿啼叫

黑狗盼挖梯土　撮箕最大
扁担般坚定的性格
从不服输　一次带病挑担
比大人矫健

慢吞吞的大尾巴鸡　瘦得风吹
就倒的秧鸡　点子多
却不敢惹黑狗　鼓动呜哇
拿草叶装婴儿哭　要沙秧
用木叶学鸟叫　山麓田间欢腾
“呜啊呜啊”“丢丢乖丢丢乖”
…………

① 弓判村和克寨村，湖南怀化市新晃侗族自治县扶罗镇下辖的行政村。

夜郎西的花街（组诗）

花街

从出生第一声啼哭
我游入花街缓慢的波浪
阳光下的果树花草
在街边妆点流动的季节
炊烟沿黑瓦缝隙　袅袅上升
倒映街后明亮的水田
童声啼哭　渐稀渐细
光阴从远处缓缓流来
街口　经过许多白天黑夜
石头的街面　图案被时光踩脏
又被淅沥的雨水冲净
一些堂屋　门槛低了不少
街头的眺望　越来越远
想念亲人成为经常的话题
老人淡去面容　模糊不清
我知道他们从生活里走远了
我也变为异乡的游子
梦里　毫无声息地回归

童年的花街
成了难抵达的　彼岸

早晨的洒溪

从龙塘传说　流来故事
经过昨天遮天蔽日森林
磷光野火占据的漫长夜色
随风起伏的杂交稻
长出黎明欣喜的色彩
一波三折的河床　泛出清浪
透明足迹　翻出泥沙的堤坝
在晃凉公路拱桥下　汩汩翻腾
早起人家的挑水桶不再露面
自来水切断走家串户的道路
你回味稻作民族的耕耘
乳汁一样的喜悦　流遍全身
阴风冷雨里回忆往事
说几段　没有文字记载的语言
你知道　不是所有溪水
都幸运流进大海
还与两岸　年复一年叙说
你固执望着校园的窗户
希冀从此的生命
有一些迷人的书香

赶场的日子

街边赶场的日子
是从数不清山旮旯
沿小路　突然到来的热闹
晨光照亮壮汉的扁担和竹笼呃呃叫的猪崽
妇女竹篮里的鸡鸭蔬菜　一片喜庆
光亮街面　塞满山野的声音和气味
大方的少男邀少女到飘香的粉摊
用笑声　灌醉她们脸上的羞涩
老婆婆们蹒跚而来　慈祥
是这天最明亮的阳光
我们寻找老婆婆聚集的地方
从小心翼翼到落落大方
看南瓜子葵花籽炒得脆不
捏捏红桃子青李子熟了没有
在她们热情里　试吃一点儿
吃了包黑帕子婆婆的　也要吃包灰帕子的
免得说我们看不起而生意见
免得没钱的我们一哄而散时
她们又笑着大喊
伢崽再吃点儿　好香　好甜

生活一直在长路上行走

故乡是一片时光缓慢的区域
蓝天从绿色山顶　笼罩温馨的田坝

云彩在平溪河　泛出雪白浪花
卵石花阶　挽着纤细的山路田坎
走过我饥饿寒冷的童年少年
简陋晃凉公路　沿古老花阶
把我们幼稚心事　带向山外
慢慢翻开薄薄的记忆
拖拉机汽车爬出盘山的昨天
每年相约的庄稼　照旧
走进田野　回到等待的山寨
温饱中　迎来村庄的机电时代
山里人的青春　像大人肩上的重担
我们挑着挑着就进入秋天
无言的山水　养育了一代人
又收去了一代人
眼前是一条没有尽头的长路
走过时光　走过变化
走过神色不同的行人

一些光阴被抬往山上

堂屋的记忆
抹不掉吹吹打打的人群
穿戴白衣白帕
送别一位位长辈
丧堂歌一直悲戚
亲友邻人劝说不住
起棺时崩溃的泪水

从窗眼前流出
亲情往事都被抬走
旧衣物在岔路口默默燃烧
回忆　摇摇晃晃上山
平静山水　拉长花圈队伍
老鸦在天上盘旋
嘎嘎地扰来远去
村寨抬棺的青壮年
已经越来越少
一堆堆新鲜黄土
筑紧晚辈的怀念
在光阴里无声无息老去

梦里的花街

外婆家在花街的那头
百把米距离
让我走了几十年
记忆清亮的溪水
从楼边的阳沟跑过
蛙鸣如雨声
滴答在木楼的夏夜
当她家门永远关上
那个定格九十三岁的笑容
在街头再没有出现
我多次在堂屋外仿佛
喊一声嘎婆

花街倒流的时光里
有瓜子糍粑　从她手里
递来温馨的童话世界
热腾腾甜酒　喷香的腊肉
是外婆为我张罗的远行
离别的泪水早已干涸
那些咽不下的味道
令我回味一生

伞寨

始祖从远方迁徙而来
遗忘中等待的雨伞
撑起古道　朴素的阳光
生命在岁月蛮荒中　顽强露头
勤劳人家　开枝散叶繁衍山寨
边地的往昔　出没雾瘴和虎豹
万物之下　跪拜我们无助的祖先
一声开天辟地的啸叫
放飞无数披荆斩棘的梦想
伞寨　从延续的血脉走进传说
今人纷纷敞开纯净的内心
浓香油茶　飘出饥荒的记忆
他们打开希望的堂屋
尝新节　便在五月禾苗上唰唰拔节
来自夜郎的竹竿　扫除田边寨头的垃圾
扫除病痛灾祸和难抑的晦气

平溪　吹响告慰先人的牛角
山风　催长一坝民俗的庄稼
伞寨人用美酒灌醉春天
季节的田野　大步迈进
一幅富饶美丽的图画

霞光漫过

慢时光

假若此刻面向大海

假若此刻面向大海　我一定
融入梦幻的一次瑰丽
侗族大歌的翅膀　飞出高原
飞出山窝　在无垠海面
闪耀　辉煌

海水蓝了很久　晴空一样纯净
当我目光奔出群山　岁月飞翔
远方澎湃　山寨跃动
在期盼的港口

涛声连绵　掀起壮行巨浪
归航　一段段歌声容光焕发
音符温暖的亲人　内心深处
不再漂泊

大海的力量　在血脉起伏
侗族大歌飘起的旋律
拍响希望的波澜
灵魂的合奏飞珠溅玉
久久地腾起
生命的美丽　辽阔

忧伤的山歌已远（组诗）

苍老的亭

花白头颅下　心事浑浊
美好想法七弯八拐
走不到山外　一个巫咒
在杂树野草间飘舞

童年像青橘挂满忧愁
山间风雨　折磨
变甜的愿望　一世纪过去
酸楚　还在心头

黄狗蹲在亭前　信守
瘦瘦的诺言　等待村里
频频挥手远去　却不再
挑担而回的男人

身边桃花　嚓的一亮
梦已经妩媚
许多歌声　在坳上等待

灵魂约会

几缕炊烟　从眼前升空
硕大夕阳　独坐晚秋的山头
花阶弯弯走出寨子
高一脚低一步　身心破碎

怪病蛊

生活在内心　影子
飘入月黑风高　三岔路口
藏匿的古怪　凶煞
扑倒　途经的时辰

妖动千足虫剧毒蛇蝎　从暗夜
爬出纠缠　生活的凸凹
曲折万变　谦卑的善意的
没有恶习前科的　被巫风
默念千遍

岔路口的幽怨　刺痛彷徨
心有不适　我恭请怒请
要夜色大白　但无谁理睬
似乎没到解咒的时刻

数点惊恐　偷窥几声魂喊
一群生命的救赎

寂然走远
肉体奋力挣扎　紧握
奄奄一息的固执

会唱歌的树叶

入云的花阶　心事游动
波浪似的木叶歌　惊飞
木楼的沉默

越过山寨　你似群鸟
潜入花海　一棵树
倾诉飘香语言　整座山
难抑春心荡漾

四目相觑　绽放两朵
咚咚的心跳　醉人旋律
憋足劲　让含苞带露的歌词
排队　等候

一团晨雾　如穿侗装的女子
被美丽的爱神附体
一声探问　在羞怯的山后
睁大双眼

农事歌　飞不起来

拍响村路　暴雨
朝呼喊的人群狂奔
惊雷　划开天的一角
嗖嗖箭镞　射穿平静

倾斜的田野　泪水飞溅
面对山坡　庄稼的呜咽
响彻溪岸　耕作的足迹
惊慌　散乱

松涛抒情　被风雨湮没
群山的浪尖下　小寨
像一粒芝麻　颠簸
在无边恐惧里

木楼晃着腰杆　悠久地
农事歌　飞不起来
一群蚂蚁惊魂未定　门槛下
轻轻吐出　几声哀叹

水田旱土

黄土干瘪的乳房　喂养一群
矮壮的苞谷　粗枝大叶

憨笑　对化肥农药过敏
兄弟们振臂一呼
能喝退山间的阴冷
艰辛　却浑身是劲

稻浪在肥水田高贵地笑
母亲的孕育恍若隔世
它们在苞谷轰烈的喊中窃笑
扬花吐穗　松软放浪
我痛心它们甜蜜的挥霍
忧虑基因破碎的子孙
失落传统的健壮　水灵

结在树上的苦

结过苦柑子柚子的树　经脉渐衰
一座老屋　心疼山外
瘦弱的枝叶

我不忍　走近那些沧桑
面对慈祥　风的敬意
在树间婆娑　低沉地问候

苦苦的柚子柑子　已被遗忘
老树发呆　苍老的身躯
不再一瓣瓣剥开　那些辛酸

爱唱歌的男人　化为尘泥
屋里的响动　飘进深冬
一截枯枝　想划破黑夜
轻轻摇曳

走出栅栏

从竹木钢筋中穿过
避开堂皇的呵护
一些骏马张开四蹄　无忌
小路大道的禁锢

喝止蠢蠢欲动的牛羊
束缚村寨虚妄的美梦
放任都市向山村蔓延
有的人变成破碎的安全岛
无法修复短路

进步退却　与风雨交流
删除离经叛道的词汇
而丰年的回忆
许多次思想　颗粒无收

当困惑加固奇怪的存在
一圈圈诺言都有借口
梦想四处碰壁
为人们寻找美好出口

心灵要走出栅栏
一次次解开
往昔的魔咒

深山古井

深深的山草野刺
覆盖一些光阴　古井
幽闭了丁点儿的往昔
几块岩石　在井旁
等待什么　小路
仅几只浅斜的足迹

一只啼归的杜鹃
在空中　慢慢划过
细得几乎看不见的花
轻沾着不显眼的犹疑

默默无声的古井
溢出绿莹莹的液体
是水　也不是水
像不愿安息的灵魂

一一飞过

山路扭头而去

我止步晃眼的街道　看前行的月光
折翅　坠落

归家的秋风　日渐浓烈
牧歌鲜活的血肉
洒满山麓　如点点坟茔

时光的鱼　穿越城市的暴雨
遍体鳞伤
村庄的蝉鸣　被死寂点燃

尊严　拍打脆弱的翅膀
让我离开云朵　离开山巅
用蓝天的忧伤　擦亮眼眸

我看见笑容徐徐到来
摇响的门扉越来越响
几点神鹰　悄然入梦

山村史迹

祖辈说百年前的土匪故事
像叙述简单的地方史
高潮处　劫不义之财
从不劫色

父辈说六七十年前　土匪后人读书了

把家乡读成封面　把山水读成汉字
豪迈吟诵　惊动下凡的仙女
他用先人的霸蛮奏响凯歌　清贫
烘托出绝色的压寨夫人

越传越神的往事　让高山名声大振
望险路叙说情节　看水面倩影烘托
听前人踏响铿锵的字迹
络绎不绝寻访　撞中后生的灵感
将高大的牌子立在路头
名山张开大口　尽喊无趣的数字

上辈曾经的嗜好

默默的花阶　成双足迹
赶坳成瘾
喜忧编织的往事　回忆里
风生　水起

穿过喉咙　歌词躁动发热
民俗里　他们走来走去
哪个寨的姑娘最美
久违的侗歌　不像那朵
藏得很深的蘑菇

酒杯的心事很浅　几个他
沉迷斗牛斗鸡　画眉打架

动物的刀枪剑戟　斑斑血泪
输赢都会报应
让几个日子　被笑抛弃

抢到手的花帕　酸甜苦辣
一些活着的旧事　鸡飞狗吠
激情老态龙钟　人迹渐稀的村寨
一个徘徊蛮久的名字喊不出
在他心中　无声发痛

闲亭

目光在花香中游动
鸟语　从心底涌出
接踵而至的清晨
如一群娇嫩孩子　准时到来

风雨沧桑　从眼前经过
你不是鼓楼　没有鹰
你陪老人　潜入金戈铁马
与风平浪静的心　趴在斑驳窗口
眺望爱　一步　三回头

你像个渡口　在城市一隅
随往事轮回
热闹驶过　夜色从天空飘下
你把自己　藏进孤独

药罐

土陶粗糙的表皮　流出黑和暗香
用默念的愿望　与木楼
喁喁私语

你澎湃的心潮　组合
黑豆白芍红花们的正反　调和
杏仁忍冬杜仲们的强弱
像拥抱着恋人　也像母亲
拥抱婴儿

一丛丛烈焰　文火
听煎熬的哀叹　渐行渐远
而痛苦啜泣　在起风的山坡
藏着悬念

火苗舔吻　唤起许多记忆
雨中的伤感　流入痉挛的叶脉
焦虑从贫瘠的生活　拔起
瘦弱的根须

将倔犟关进瓦罐
让它忏悔　对美丽的
屡次侵犯
两头公牛　用尖角

挑破回忆的宁静　撞出夕阳
鲜红的旋律

你梦想的颜色　和鼓楼
一样久远　滚烫的唐诗宋词
金星四溅　在山村跃跃欲试
内心的忧虑　再一次沸腾
幸运　双掌合十
从罐口袅袅而出

一草一叶的自信　漫延
高山流水的神奇

闯滩

一

记住先人的祝福
小船　扑进险滩

船勇猛过　篙荣耀过
险滩却未领教过驾船后生
两岸恶山
是壮烈的感叹

阳光愈益沉重
前方剧烈摇晃
小船在阵阵战栗中
把巨浪碾成山路

浪在翻滚　路在延伸
老人将烈酒倒进滩水
船下涌起大山的回响

进入闯滩的神圣

生　是山寨的节日
死　也是山寨的节日

二

山谷　拥堵岁月的狭窄
河道　抖动生活的瀑布
烈性酒塑造的山里人
在山卷起的浪谷
在水堆出的山里
记起他们女人的叮嘱

船歌　收拢翅膀
河鸟　站岸边不动
看装满山货的木船
怎样在凶险肆虐的地方
载运一年年的血汗

稳站船头　山民铁着的脸
涂满日头的灼热
女人重复千遍的话
被紧紧压在心底

十年二十年或上百年
都会这样　每一年
都要闯过险滩

大戊梁

坚岩厚土上　心里的山
除了草木的茂密
还有芦笙把神秘歌词
变成凄美声音　与山鸟共鸣
芒筒[①] 间或低吟　在枝叶
摇动风的怀念

浓烈光线　穿过乌云
将几百年前的故事聚焦
两个抗争的身影　渐渐模糊
他们卑微而伟大的相爱
忧伤一直不散

草木山花　嫩绿的叶瓣
穿行爱的密码
故事里长出新的故事
似隐若现的山路　藏满情歌
外出与回归的脚步
翻过山梁

① 芒筒，侗族乐器。

大湘西的声音

探幽的目光轮番涂抹
慰藉在矮小木楼沉淀
你的沟壑披满山花
群山像奔跑的兄弟　踏响
源远流长的语言

村寨记得耕种时节
用鸟声风雨声说出庄稼的期盼
祭坛在猎奇中攀缘野史
山野民俗　拉满劲道的风帆

小背篓晃起勤劳歌声
飞出诗画的吊脚楼
走进阿哥阿妹的歌谣
就走进爱的回忆和期待

巫蛊传说像细小的野花
在老人叙事中枯萎
骨子里占山为王的念头
翻过一页页苦难日历

用豪放的苞谷烧[1]唤醒青春
小鸟一样飞向山外

村寨用汗水喂养梦想
唢呐吹开星星点点笑意
你风生水起的美扑面而来
诱惑南来北往的眼睛
那些野性而热烈的感觉
像音符的阳光
在无边群山上弹拨

① 苞谷烧，湘西用苞谷酿制的烈酒。

电光火闪

电光火闪　撕开蛮荒
边寨的鼓楼风雨桥
冒芽　生长

激活平淡岁月
家长里短　温润
稚嫩的山寨

雷电风雨　灾难肆虐
烽烟野火下　鼓楼
高昂头颅

芦笙堂哆耶[①] 踏灭
无数磨难　“耶罗耶”[②]
飞出心口　合拢宴[③]
一次次迷醉

步入风雨桥
今生来世的梦
电光　火闪

漫天阳光洒来
哆嘎[4] 的山寨　歌谣
光芒炫目

① 哆耶，侗语，跳舞。
② 耶罗耶，侗歌的伴音、辅音。
③ 合拢宴，侗寨数十、数百人的长桌宴。
④ 哆嘎，侗语，歌唱。

端午节

吃粽子的日子
儿时种下疑惑

知道屈原投江后
《离骚》《九歌》不时光顾
古老的雷声敲击灵魂
湘楚大地用一个节日
守护民生之思
我稀疏的枝叶
有了苍生的颤抖

楼梯间挂上的艾叶
飘着乡野的香味
铁门外的雄黄酒
抹掉泥地的阴影

栽种打理的这个民俗
撑起了参天的古树

古晃州星光

龙溪口正街

撑开枝叶馥郁的街巷
冒出商家住宅的胚芽
宫庙家祠辉煌的枝叶
蓬勃了癞子岩码头　直至三拱桥

老迈耕耘者　乘㵲水的船走了
窨子屋　呼应水面林立的樯帆
坚硬的防火墙　板着面孔
掩藏房主不会发芽的隐私

深门厚窗　挡住劳工肩上的阳光
商船用山外繁华　清扫贫瘠街面
一群身背锤头镰刀的农工
在贺龙带领下　给正街的黑夜
播撒几粒星星

抗战暴风　匪患血雨
淋漓这方无奈的草木

祠堂寺观　护不住庄稼的平安
农历四九　商贾如云的集市
也难让秋天　多收些稻米

漫步㵲水岸边　看沪昆高速高铁
培育新的产业　灶王宫前的历史
又绿草芬芳　古镇修复
正街美了今天和明天

三拱桥

乾隆年间　一座四墩三拱的石桥
延伸正街的梦
龙溪口与小河街连为一体
桥下龙溪心事起伏
不时见证　情歌撩拨

蹚过夏天月光　漫步龙溪
听唐诗宋词从姚家院子飘来
二中的下课铃　声细如丝
某个天井的笛声
飞进幸福街姑娘倾听的耳朵

站立桥头　看婀娜的龙溪
撞进㵲水怀里　让过桥人嫉妒
真诚的三拱桥　解除成见
喊来老晃城新晃城青年　汉语侗话
叙说潺潺心事

歌声多了　三拱桥不再简陋
撑起挡雨的楼亭　民俗的长廊
不管刮什么风　下什么雨
相约桥上　一盏小小路灯
能使疲惫和忧伤　风停雨住

龙溪书院

身披两百年风雨　从老晃城
迈出舞阳书院门槛
年轻书声　爬上老态龙钟的楼梯
飘过幽深的回廊

当两瓶老酒从贵州街下来
被一句“明月几时有”问住
山民“烈士”　黄埔学子
在邻居的酒桌轻轻哆嗦
几支粗壮的烟杆门外歇凉
疑惑对岸不息的机器
怎样让爱丽丝金雕卷烟　畅销湘黔川边

来自万寿街福寿街的童子
在亮瓦下睁开蒙昧
语赞长虹卧波　龙市晚归
腹有诗书的先生从大码头过来
镇江阁上　飘着洁白云朵

宽讲台小桌椅　书香四溢
街巷往事　红色篇章
游动挤进沧桑的木楼
你是霞光里的古镇高地
嘭嘭跳动边地的灵魂

平溪

平溪河畔的山歌　悠长高亢
像我沿弯曲的心路　爬天浓山
从一个侗寨　看见山顶
忽而转入幽深的山腰
钻过天井寨咚咚推的傩戏

山高弯多　河岸粗壮的话语
风雨侵蚀下　缺乏抒情
只有站上山头　放声大喊
让山下的人山顶的天
一起听见

硬邦邦的高腔　让一栋木楼的爷辈
从匪窝溜回　扛枪去了朝鲜
拉直的长调　陪父辈
去了风雪的边关
晚辈喜欢歌里的修饰　进城打工
把平溪的心事　变成
夜色中的摇滚

角落里的太极

墙那面　准时响起曲声
七八十岁的老者举手投足
像千里外老父　缓慢翻越山水
我与他经霜的习惯
隔着多年的距离

拉二胡的邻居不知所往
前卫“艺术家”收起了萨克斯
山麓吹来的风　已弹不响钢琴
只有楼宇角落的晨曲　缓慢行走
在古筝琵琶长笛铺开的原野
鹤发童颜地延续

两个粑

扁的一个　满足饥饿
单调的日子

人们世代延续的薄命
被食物变着花样喂养
即便苟延残喘的荒年
或丰收的稻米翻出粮仓
你扁扁的模样　慢慢咀嚼
山里人的耐性

圆的一个　脱离凡俗
祭祀祖先神灵

崇拜是心愿的奢侈
即使简便　也不简慢
在自家简陋的供桌上
你用浑圆陈述的众生之梦
却不知　能否如期抵达

两个侗乡的粑　一个
养育简单的生活　另一个
供奉难圆的梦想

慢慢纺织的絮语

左手　旋转软心的歌声
右手绵绵拉出
纤细的期待

踏着棉线轻盈的旋律
纺纱姑娘心在絮语
纱线缠住孤寂的夜晚　像青藤
把门外大树爬满

一丝一线纺出的感觉
慢过四季　慢过他年前返回的脚步
相伴的灯光一点点枯瘦
木楼　沉默寡言

纺　棉花一朵朵变细消失
慢　一天天还是一根细线
把一分一秒编织在心里
静静等待　刹那花开

模糊和隐秘

穿过古镇小巷窄门
打开巫风来过的窗户
吉语萦绕村头和古树
心中默祭路旁古井

跪拜礼
把习俗的隐秘虔诚
低在尘埃处
念念有词后
崇高现于某个方位
祖先似有求必应

古歌娱乐着仪式
人神于音律中放松
锣鼓唢呐忘却某些悲伤
时辰庄严
无关边地的钱粮丰歉

老者寄望长久欢愉
年节的来去愈加短暂
村落说不出奔跑的词汇
它不要子孙卑躬屈膝
不愿梦醒时眼前漆黑

难安

家人教导孝心爱心时
求学心敬人心羡慕心
关怀童心的好奇和健康
我小小心脏柔软而不坚硬
抵抗不了别人家教遗传的私心
不能修复自信心破碎的安宁
同情心慈悲心怜悯心
多次碰壁后
发觉对坏人毫无用处

鸟儿的羡慕

以为春天鸟儿和我一样
把童年的美好
无数次在梦里飞翔
而被尖锐击中的翅膀
在即将冒芽的稻种旁哀鸣
心悸的午间
渗出田野的血

其实秋天
看到鸟儿更多的噩梦
它们的鸣叫
穿越了几十年时空
思虑里重述
记忆收集的惶恐

它们羡慕广阔人间
可山村的鸟儿
飞不出高远的格局
要飞就去平原都市
去看无际的大海

想不到还会
被许多东西击中

它们不再轻易做梦
或许羡慕此刻的我
能在诗中自由飞翔

鸟鸣在树枝的喜悦里

可惜一切　太过短暂

为重复的飞翔寻找前路
冥想中　把一树繁花
鸣出心中长久的风景
一阵汽笛　惊吓花朵
平静心　一哄而散

盘歌点染桃花的消息

答不上的盘歌[1]因寨旁
流不出提示的古井
使意料中的桃花
擦肩而过

你朝东　一声声
奔向江河　而她
面朝花瓣　流淌心事

井边弯弯的小路
是村庄的一条河流
井水不时眺望
山风吹来几点歌声
点染一阵桃花的消息

① 盘歌，侗族情歌中比智慧的问答歌。

同情一片葱郁的韭菜

拒绝不了刀锋
躲不过人们惦念
你松开抱紧的胳膊
惊慌成柔软一片

那些壮阳的审视冰凉扫来
压弯你发麻的头
阳光从叶面跌落　刺痛
脚下的泥巴　你固有的激情
刀光下缓缓松弛

太多男人女人的梦话
藏着心事　无关大的时代
一些羞红想法从眼前跑过
有人不怀好意地傻笑

缩成一团　迫使自己
像个强者　在焦虑咀嚼中
拼命扶起　杯盘狼藉上
踉跄的风

守望

山界一棵上年纪的树
在山村视线里行走多年
从最早的曙光走到最后一颗星星
期间风雨雷电的光顾
从不间断
鸟鸣探望过它
讨论筑巢未果而飞走
最甜的阳光和最柔情的风
在青春勃发时带来陪伴
它依然伫立山脊
从未变过身姿神情

我的童年和青春走远了
它还在山上守望

书上桃花

书生在传统故事出没
小姐羞羞的眼神
恰遇树叶遮挡
却被诗句吟了出来
这是高考前某个傍晚
他和她专心复习
花是否依约而开
相关人何时进入情节
哪些对白阳光灿烂
哪些细节飘洒一些小雨
他们都不知道
他们手中翻开的书上
某所高校的一树桃花
书香为他们弥漫
网络信号翩翩翻飞

松杉的明亮与差距

乌云长久笼罩的松杉
少了草木的欢欣抚慰
对待开的花沉默
这些符合山的原理
阳光大度并缜密的行事风格
也被有意无意改变
这些真实将继续存在
阴影下树尖的仰望契合情理
雨下了很久
有花被沤出霉味

雨季以季节的起始开篇
不少植物在赴约路上
被淋涔太久而郁病
有杉枝不懂风的意思
松针把阴霾存入意识
松杉的明亮渐次有了差距
多寒的草木终归明白
穿透乌云的那束强光
才是心里需要的真理

童眼睁开（组诗）

怕黑

天际涂鸦　黑色的恐惧滚滚而来
童心在祖坟山的小路笃笃颤动
阴郁森林挤痛狭窄的视界
死蛇在冰凉里发臭　乌鸦的提示
穿过脑际和胸口

火铺房间漆黑的孤寂
躲在歪斜木楼大气不出
紧闭长辈安抚不住的惊恐
传说里的凶神恶煞呵
我们真的百毒不侵

背负艰难　平凡家人
攀越柴米油盐的山崖　眺望
英雄手中远远燃烧的火把
童胆壮大于一轮轮闹年锣敲打后
而童眼里的黑
也浸润“七月半”的鬼节

日渐长大

照耀无数黑色的头帕和“裹脚”
一支支跳跃的火把　连成热烈一片
生命萌动的呼喊一群群从胸中喷涌
山间长啸人与畜禽野兽奔腾的活力

当阳光在亿万只飞鸟的翅尖跌入浓黑的深渊
祈祷呼唤与驱逐阴毒黑客之声　此起彼伏
希望　在童眼一线线滴出
涩涩地从黎明的面颊冲淡夜色

冲破苦寂沿着光明前行的人类呵
应在不愿安停的心中
一点点杀毒

轰隆　又一张纠结硬实的夜幕散碎
自由的光于天际开心奔涌
万千向往　雀跃欢呼

怕饿

饿　伸向血肉神经深处
死死抓住煎熬的生命和未知的存亡
边民千百年前干裂的渴望
总迎不到一场透雨

饿　童年的寨口
杉木桥摇摇晃晃
没有父母的身影
小木凳上的苦命
久张着粮尽米绝的昏晕
依稀有病痛死亡
向边寨的往昔纷纷扑来

山寨长年默念不饿的祈祷
总误入饥寒交迫横尸山野的噩梦
童年懵懂的我们　不知
果腹的稻粮藏身何处

火铺鼎罐艰难拼凑温饱
生青的木柴无辜焚灭
杉木刺奋不顾身噼啪燃烧
不见油腥的缕缕炊烟
挥洒出一双双切盼　瘦泪

饿　一条条烟熏火燎泪眼迷离
流淌的溪流
曾在一件件往事鼻息尚存的山寨蜿蜒

走出孱弱生命即将虚脱的绝望
许多灵魂却在干柴烈火的欲望中沦陷
而当下丰衣足食的安逸
却无力拯救

怕冷

冬凉　千万根冰针刺向皮肤
寒意拍响发育不良参差不齐的牙齿
双足瑟瑟
冷　潜进我们毫无成见的心底

长辈夹杂古谚的话语焐热耳根
褴褛的衣裤挺身的火苗拼命抵抗
坎上坎下乡邻亲友翻遍薄薄家底
山寨也难再添一丝温暖

微温若丝的袖珍烘笼
与我们猫藏教室角落躲风避雪
寒冷中课堂知识一晃而过
小桌椅一阵阵难抑颤抖
浅浅字迹也一遍遍不听使唤

面对暗夜角落溜出的
寒意的张牙舞爪
我们用心依偎
火铺里亲情血脉扶老携幼
围坐的点点温暖交头接耳
燃烧着我们挥汗砍柴的许多黄昏

眼下　飞速膨胀昼夜纠结的都市

不停咀嚼吞咽地球资源的肌肉骨血
纵横交错分体单体移动的管网
突突喷出贪婪自负的温度

呵　真怕美丽星球霎时点燃
隐约的风调雨顺
化为漫天灰烬

怕痛

痛　揪心的要命的无休止的
……痛

愚知和恶意的刀剑留下创伤
病菌的群兽追出花阶疯狂撕咬
青山绿水患上惨不忍睹的溃烂
歌谣肝肠寸断万千思绪翻江倒海
钢铁般的坚强意志
随风　飘散

山寨无法抗拒病痛的频繁光顾
楼前屋后的草木紧急望闻问切
最后一眼的如豆之光依依熄灭
沉重的林涛
悲伤地滚过亲人的心间

傩神无所不在　虚无的翅膀

被蛊符和巫师呼天喊地的魔咒击中
老人消停了求生的心跳
英雄豪杰庇佑乡村的安宁
远古的渴望　惨遭过雷击

山寨一页页长夜
祖坟野墓高低错落
沉默地堆积

死亡收割一轮轮生命
丧堂歌犹男人握不住的唢呐
歪倒在又一堆土旁泣诉
山寨嘭嘭的铁炮震撼星月
哭声一群群爬上高大的古树
伤心送别远去的亲人

摆脱往昔生存的灾难
消失了前人双眸的惊悚嚎哭
许多生命病痛　从古歌
一丝丝游出我们的原野
我们用目送　告别
低矮的天空　告别
痛苦的雷鸣闪电

一滴水

微小　没人看上一眼
成不了风景　更不能
呼风　唤雨

你望着我　而我
握不住你的手　听不到
你的呼吸　声音

你内心的呼喊
也被视而不见　孤单
幽闭　与世无争

我说　你不是水
是孤独　留下的
憋屈和泪

飘落的青果

一

风情渐稀　新城市人
胆怯的音节
拧乱方言　一脸苦涩

外语滴滴答答
从山外高调奔来
村庄洪亮的音调
陷入回忆

耳畔的亲切　坠落
在倾听之外

二

乡村慢慢咽下晨昏
急迫的几声呼唤
飞远的词语倍感幸运
进入梦中去过的城市

都市摇曳肥硕花果
靠无数沉寂乡村飘香
枝叶间微笑的青果
冷风阴雨里　又有几粒
惊飞　跌落

远望家亲（组诗）

侗寨印象

跷起拇指　第一栋木楼
拱破荒凉
岁月一鼓作气　让一寨日子
鼎沸不休

山寨用酒和汗水　种下
摩肩接踵的花阶　孕结
苍翠的辈分家族　溪井
血脉纵横　汩汩涌出
生命的张力

和蔼的晨风　吹拂
懂事的童谣　牛羊归蹄
踏响书中的傍晚　夜梦
兀自惊飞　一长串
瑟瑟的儿歌

苍老水枧　在山腰

频频回首　石碓石磨
卸下长夜　不再回忆
负重的时节

木楼自酿的歌声
迷蒙　缠绵
姑娘们飘起相思
擦亮　山里的星空

记忆里的侗歌

在山坳　婀娜拔节
一枝一叶的偶尔对视
鼓楼风雨桥的脸红邀约
思念蜿蜒　沿花阶疯长

轻声地缠绵　葱翠欲滴
栗树香樟窃窃私语
枞树杉木梦绕魂牵
新鲜的童谣　妒意丛生

火铺上鼎罐　已经沸腾
油茶赤热的召唤　弥漫香甜
楼角的瓦缸　封不住
米酒猛烈的诱惑

男婚女嫁的细节　珍藏
千年传承的承诺
木叶侗笛一回回重述
玩山赶坳和内容庞杂的伴嫁歌

牵挂的明月留在娘家
爱情　纷纷归巢
再无悔恨渴望化蝶
飞离　风静雨歇的山寨

山水醉了　游子心中
母亲的声音　像寨头小溪
叮咚离愁

一坡月色　摇晃斑驳树影
边地夜空　飘着
横七竖八的星星

你的生日迈开双足

啼哭　被接生婆拨响
脐带从母亲的疼痛里松开
你的生日　迈开双足

温暖阳光　成为
第一位踩生者　木楼门扉
咿呀兴奋　锅碗交头接耳

亲邻露着笑容

甜酒一碗一碗　接力喜悦
溪水潺潺的恭贺
被外婆家来的女客
声声唱甜

儿歌拦不住你伸手踢脚
温暖小心翼翼传递
你的笑　让满楼目光
凝视痴迷

猫头狗头的布帽　抓紧
织花绣朵的包被
平常的鸡鸣狗吠　霎时定格
你吉祥的时辰

坐月[①]

你生下我　开始一辈子
当妈的历程　生命的延续
迈入民俗　坐月

我吸出第一口乳汁　阳光
在你忘却劳累的心上　跳起
哆耶舞[②]　慈爱的旋律
涌入山寨垒词[③]　环绕木楼

瘦弱的你　曾从角落
找出贫瘠的食物　安慰
我的渴望　担心我用啼哭
吵醒黑夜

骨衰血竭的山野　劳而少获的
锅碗瓢盆　任嘶哑歌声
把饥饿　播入你的记忆
平凡身躯　良俗呵护中
躲避冷水凉风

你用温暖怀抱　粗糙的手
捧我　用哀婉儿歌
艰辛的乳汁　喂我

长大后知道　母亲坐月
用历经的苦痛　用心血
喂养儿女　就像贫瘠泥土
面对求生的草木　不能
犹豫半点儿　不能
消停片刻

月婆子

儿女第一阵啼哭
犹灰白色天亮　细细洒在

山寨黑黑的瓦上
你累得快散架的筋骨
披上第一缕晨光

轻捧起哇哇婴吟
你在家人兴奋中
收获满足　迎纳
亲邻吉祥的贺语

甜蜜乳汁　将母性慈爱
细腻地　喂入儿女梦中
你是本月度的女皇
在山寨心尖　“坐月”

姑嫂让尿布　在竹竿
飘扬阳光
鼎罐在火塘　翻滚喜悦
失眠的夜色　又被笑醒

儿女满月　你步出木楼
寨子的祝福无处不在
白天闪烁奶香的太阳
夜里欢聚星星月亮

老屋

插上门闩　挡不住

时光的进出
我驻足沧桑门后　留神
夜色的响动

红润板壁　长满皱纹
暗淡的窗户　懒得睁开
风摔下几片黑瓦　傻等
沿着木梯上楼

张望的翘檐　经脉枯萎
神龛　晃动祖先的音容
火铺上的欢声笑语
再次　心灰意冷

我梦见村寨的节日
飞回一堆儿孙　为回忆
打开所有门窗　让亲情
暖暖地晒晒太阳

许多年前那对新人

他们从幸福的峰巅　沿岁月跷跷板
经历恩爱养育送行　缓缓滑下
在小镇一个拐角　落在我的面前

我感叹时光　把他们爱的仪式
演绎多变结局　高潮在婚礼歌赛中落幕

女家亲友完胜而归　新娘美丽前无古人

他们有了成长的儿女　也有了分别的恐惧
他们多了存款和新房　也多了病痛孤寂
欢乐如婚礼上的歌词　破碎了回忆

我在乡村回望　偶遇他们
几股迷茫　漫出遥远的对视
两根磕碰的拐杖　一点点敲碎夕阳

① 坐月，侗族生育习俗，产妇既要专心带好婴儿，又要恢复身体。这段时间，忌接触冷水，忌吹凉风，忌吵闹，忌做农活。

② 哆耶舞，侗族的欢乐舞蹈。

③ 垒词，侗族抒情诗。

纸上的故乡

村庄不动声色
离愁已力透纸背
草木淹没祖上的背影
风翻过了山脊

泛黄的旧稿纸
回忆亲情的温馨
鸡鸭执意灰暗
牛羊蜿蜒　铃声
隐入尘烟

庄稼的字迹　在田野纤瘦
萤光闪处　虫鸣唧唧

皱巴巴的故乡呵
留守的古树摇曳月光
溪水吟走苦读的青春
字词　波光凌乱
标点　忧郁温柔

霞光漫过

明媚里

群山上的鹰

群山昂首眺望
一些执着的鹰
用搏击拍响阳光
刺破内心的沉闷

鹰眼寒光刺目
像一些诗人冷静敏锐
看无际天空下成群的村寨
翘檐振翅欲飞

我俯视起伏的高原
像浏览岁月的作品
思想的风沿翅膀的行迹
从远方呼啸而至

一座座钟鼓在心中敲响
腾飞的鹰群像诗的闪电
在山巅之上攀越高度
洞穿天际的灰暗

雨具

雨具与送伞人
同为雨中需要的人

伞穿行雨淋淋人间
是送伞人
将普通的物
转化为有意义的事

放学遇大雨
母亲托人顺便送来雨具
我撑着家里唯一的纸伞
想她在雨声漫天的田间
穿戴的斗笠蓑衣

雨具上的雨声
在我心里
轰轰地响

白云远远瞄我一眼

童心端坐云头
执念里的天蓝絮白
聚散的相依的图案
温柔了整个蓝天

萦绕母爱　云的色彩
描着浓淡　流过声响
如黏人的毛毛雨温柔风
如影相随　应声而到

模糊了母亲的微笑
白云远远地瞄我一眼
依依不舍的眼神里
慈祥融入云朵
随增高的年岁飘远

在不同枝头吸吮时光

山像什么动物
水有什么故事
先辈用老迈的光阴
藏着掖着

山水淘洗了地上的老人
总淘不去他们的遗迹
它们知道很多
什么也不说

我们有看客的疑惑
对某些山水念及再三
轻风细雨和狂风暴雨
消隐于无声无息
心里的大地时常狼藉

阳光继续柔软倾泻
我们继续在不同枝头
吸吮先辈有过的悲喜

抽穗的风（八首）

抽穗的风

妈妈担心不歇的春雨
淹了菜土　若多天没有
风雨踪迹　她也心痛
庄稼呲牙咧齿的小嘴

邻家小妹　提来一篮
发育的体香　你扭歪目光
看她的花衣　扫落菜叶
眨眼的露珠

晌午前　你听见韭菜
逗乐菠菜　说些憨憨傻话
大多时　小白菜与嫩萝卜
向妈妈争宠　对邻家小妹
流露不同神色

最好的时节

一场农事　徐徐扑面
我泥黄色的皮肤　转暖

稻粱菽麦　告诉春色
如何相思　如何拒绝
稗草的诱惑　忧虑卷叶虫
弄疼了夏天

吉祥晴雨　是庄稼的
幸运　我拽住
丛生的啼鸣　合唱

浓酽的泥巴　懂了爱
抽穗的激动　徐徐起伏

田野

我枕着雪后的雨　含泪醒来
祖辈枯萎的遗愿　犹在耳边
寒冬妥协　亲情沿着炊烟
爬出密黑的瓦檐

缠住微风　一些话语在枝丫晃动
冰凉和灰暗慢慢散去　那是昨天

在我心上的转悠　梦想解冻
虫鸣鸟唱　将澄明的池塘
编织一脸笑容

一只蝴蝶　一万只蝴蝶
飞过眼前
老农跟着老牛　我跟着老农
穿过农事　穿过长长诗歌走廊
稻香浸润的文字
让我悬垂的词语　饱满厚重

田野奉献了所有　感恩
每次春天的潮动

妩媚的蜻蜓

你飞进慢日子　如那时
痛苦等待的班车　飘出
漂亮姑娘　在寨头张望

我抬起目光　跟随一个
并不轻浮的汉字　它掀开
头上的薄纱　粲然一笑

接过歌谣　美女一闪
飞进会唱歌的木楼
我合上书　走进古诗的意境

一盏青茶　微风与蜻蜓
相约都市　歌谣的翅膀
扇动一个下午

弯月

一轮斜张的耳朵
贴在大山的门上

在幽暗的窗外无声蠕动
收割梦境　幽会的虫鸣
轻轻蹓过一地秋水

拨动夜色　你拖着
一地的依恋　远去
奔赴耀目的圆
高悬　海浪的夜空

杨梅树下走过

从一棵杨梅树下走过
仿佛不是自己
是风声　果香　月影

想对树说点儿什么　青果
藏着麻口的秘密

别人的甜　裹满阳光
刻入树的记忆

树也会酸涩　许多人
为果实的采摘靠近
微风不停地说
谁在月光下　更酸

醉成春天

抖落一树冰雪
等你微笑降临
浓荫张开　让诺言
飞出夜色

你睁开露珠
花蕾明眸一亮
枝丫　迷离兴奋

我梳理书里的春风
想从寒星读懂无眠
问候在枝头相拥
无数鸟儿　从头顶飞越

手舞足蹈的诗中
花朵　也东倒西歪

幽谷

盘腿而坐　小溪边
一块石头哑然顾盼

一年就像半生
模糊走过的阳光风雨
再不微笑就老了
想遇个前世的熟人

春水推你一把　山水
晃了一下　雨后的花
又开始涨潮

飞过头顶的歌声（组诗）

通道转兵

远望井冈垂泪的夜色
突围的红旗越过湘江
染红　1934年阴霾的寒冬

青瓦飞檐的鼓楼风雨桥
在淳朴期待中焦虑
茫然而又凝聚的眼神
火种　如何不被熄灭
前路　如何转危为安

一度无可发声的韶山乡音
再次飞出展翅的雄鹰
征途渐暗的希望
在七人会上重新拨亮
通道转兵燃起的火把
经黎平　到遵义
烧向更为阴森的黑暗

燃烧的信仰　点燃

民心的拥戴和信念
二万五千里雄关漫道的火光
迎来人民共和国
鲜嫩的黎明

三省坡

鸟鸣撞响湘黔桂的一角
弹出春天的图片文字

一些美好的传说故事
飘入山间共鸣的侗锦
漫山期盼翻越冬季
捧起你的歌谣　开怀畅饮

连绵细碎伏地的小草
编织血浓于水的团结坚韧
茶歌弥漫山谷　实心竹爬上高处
杜鹃花吐出红色的词汇

山鹰一次次飞进
三省区界碑的视线

平坦河

流淌多少侗歌的歌词
经久不息的叙述
边地串起的珍珠

村寨大开屋门
国宝级风雨桥横跨两岸
走过主人　走过客人
装帧精美的鼓楼
在远方的手上翻阅

水面打开的日常
美如梦幻　人群中仰望
飞过头顶的歌声

万佛山

芦笙开启非遗的鸣唱
佛意如风　自带光芒

口语相传中的寺庙
被岁月淹没　禅修的人
登上几个山顶
万山静寂　山道无语

山看见了山　看不见
何处高僧前来走访
无数往昔的问号
飘向远方

心得体悟交给了草木
诗意拖着长长的白绢
擦拭群山和蓝天
赤色的额头　哲思游过

雄鹰又正义地起飞（二首）

一些痛苦在受降坊前醒来

受降坊　泣泪凝固的血字
我内心奔腾达到沸点　亿万同胞
用呜咽热血　陈述被侵略者的凌辱杀戮
贫穷愚昧　不抵抗　卑躬屈膝　为虎作伥
英烈　悲剧人物　泣血事件
让我读懂　古老民族的灾难深重

受降坊　高耸站立的血字
无数共产党员光明磊落前赴后继
国民党抗战将士生死抵抗血战沙场
还有全国上下　各方人士深明大义共赴国难
也有我七里桥周边群山目不识丁的前辈
用瘦小身躯　舍生忘死保家救国

受降坊前　面对见证重大历史的青山
浩气冲云　腰杆硬挺
1945年8月一天　丑陋的日寇投降代表
灰头土脸　从你刚强的意志前经过

凶恶豺狼　在猎手前低头弯腰的场景
深度刻入　残暴兽性对文明人性认罪的记忆

时过境迁　你珍藏的镜头被人慢慢模糊
豺狼又四下张望　露出嗜血本性
他们想洗白罪恶　改写残害人类的历史
把滴血的屠刀　向我们举了又举

受降坊前　我们的血液燃起怒火
一群群大人小孩　也热血沸腾
善良民族　再不能任人凌辱
再不能把鲜活的日子和尊严的生命
被割草一样　一片片杀灭消除

我看见无数血液汇成激流　冲向黑暗
我看见无数坚硬的血字　雄伟挺立
向那生长邪恶　不思悔改的地方
猛烈地投去惊雷　投去愤怒

雄鹰又正义地起飞

宽阔机场　岁月冲刷掉血泪和贫弱
穿梭航班　传递走向世界的和平心愿
我在中美空军作战指挥塔旁忧心忡忡
在飞虎队纪念馆　仰望正义的星空

我知道　数万米高空有豺狼的卫星偷窥

我们读书劳动家门口散步　或许它一清二楚
但它们的侵略铁蹄　早斩断在雄伟的雪峰山下
膨胀的野心　被芷江起飞的雄鹰炸碎

一些军国主义幽灵　近年又借尸还魂
想把魔爪　伸向我们平静的生活
七十多年前想吞下我们国土　奴役人民
现在又想谋取我们的财富　破坏建设
想用野蛮战争　打碎我们团结统一和幸福梦想

远望蓝天　中华雄鹰展开强大的翅膀
群山为人心起舞　㵲水为良知欢歌
芷江机场　又起飞无数刚强正义
飞向和平　奔向胜利

荣立功勋的战鹰　飞进光荣的记忆
现代化银鹰　像祖国轰鸣的利剑
从山水明丽许多地方　射向远处的阴霾
一个个机场　起飞的是自信豪迈
团结进步　战胜邪恶的力量

光沿着祈祷漏出

在绵密时间里攀爬
刷白黑夜　周而复始

闪电敲打你的夜空
欲打开接续到来的白天
黑暗箍紧所有一切
包括路漫漫的寻觅
它囫囵吞下的月光
沿某个祈祷或疏忽漏出
照见你的长梦
白得像静寂的雪山

村庄于童声中醒来
一排顽强的祖上
站在远山的黎明

透明

灵魂裸露在露珠上
一片光芒
微风晃过　许多冷暖
没留下痕迹

内心一碧如洗
黑暗被静谧覆盖
仰望的翅膀
轻轻张开

慈爱无一丝杂质
梦不再饥饿　一个天使
催另一个天使
把光　传给眼睛

温暖的声音

从夜很深的地方探头
小心攀岩而上
梦的星光　一寸寸逼退寒冷
终于露出新的一天
嫩红的肌肤

我张开全身的孔隙　流淌热爱
凝听　轻轻的潮汐
生命的足音　深入骨髓
一浪接一浪的光
在心中　阵阵吆喝

清晨电话

西南某片阴云　开了笑脸
阳光从故乡山头爬上来
坐在长沙城一栋楼上

长辈出院　铃声温馨
几个担心的词语
爬出了阴影

清风乍起

时光恍惚　精神磨着牙齿
岁月的绵羊低头
慢吃经历的细草

几声牛叫　踏响一片
沉睡石头　踩乱
凝固很久的心态

沉重马蹄　只剩哀叹
茂密荆棘前　一些想法
被使劲摁熄

低矮的瓦檐下
小雨滴答不休　门户
洞开蔓延的悲戚

忧思　拨动着梦
用白天和黑夜这双手
在内心　一遍遍擦洗

屋顶的瓦片

轻收翅膀
在木楼朴拙无言
踏上古城的楼顶
内心有无限满足

以庙宇的宁静迎接白雪
铺陈茫茫灵光
让故宫偶尔也民间一下
轻数午后的细雨

绚丽琉璃
常常迷乱我们双眼
阳光风雨随意掠过
有时无关不同的屋檐

三省坡火灾后的侗寨

精美的木楼殒身火海
侗歌里的新年向往
依偎含泪的古树

救灾凝聚温暖　网络
接力亲人的焦虑
粮食衣被捐助款
百里千里奔来

鼓楼高昂重建的信心
风雨桥跑动快速的脚步
一钉一铆　一柱一枋
用力支撑倒下的梦想

春花绽放在三省坡上
累了　麻烦了　谢谢了
感动　参与　我们在
爱心在万山丛中合奏
一曲血浓于水的大歌

（2008年春节刚过，湖南贵州广西交界的三省坡下，通道侗族自治县新丰村、骆团村突发大火，烧毁房屋70多栋，500多名群众直接受灾。许多机关、媒体和社会各界人士参与救灾，演绎了人间大爱。）

秋风吹响枝头

酷暑悄然消退
某行诗句　剥开
等待的宁静

迟开的小花　拒绝
属于植物的深刻
将最后的热溢出　照亮
体内泛黄的草叶

城乡折叠暴烈的脾气
行为在规则内外运行
澄明的心境
降低思想的速度

一匹年岁成熟的马
汇入光和梦的奔腾
大自然的灵魂深处
远去一行轻轻的蹄音

湘西杂忆

曾在凤凰古城阅读奇闻
奇梁洞　惹迷洞探幽猎奇
曾在不二门矮寨攀爬
看茅古斯赶四月八

曾在村小看演出　陶醉民俗
在县城买票　看剿匪电影
座谈会摆在高坡寨前　老农的忧乐
像门前路边　树上挂满的酸甜橘橙

曾考察烟草生产　白酒酿造
看成群猕猴桃槛柑枝叶起舞
腊尔山上的腊肉沉淀情意
无数山坡　飘香农家的毛尖

曾为破败村寨　心中发酸
为工地建设的艰难　眼含泪珠
曾为白发苍苍的掏心话
在厚厚调研稿前　彻夜难眠

生命岁月的珍贵往昔
写满走村串寨的清晰脚印
埋在心中的一壶老酒
弥漫青春的希望　苦和甜

小鸟窝的梦

——长沙爱心人士捐建家乡村小幼儿园有感

梦　睁着许多眼睛
泪湿的童年　嗷嗷待哺
妈妈　你在山外还好吗
小鸟窝摇摇欲坠　我们
好怕

梦　挤着许多翅膀
狭小的想象束缚飞翔
书声　撞进爸爸打工的细节
遥遥无期的团聚　我们
好想

这一天的山寨云开雾散
爸爸妈妈呵　千里外的阳光
灿烂疾驰而来
我们的梦　在那些爱中
升起好多光芒

站上飞山

五百年　桂花树还精神
一千年　银杏树还泛青
不会说　它们见过什么

飞山还是青葱少年
以山道给你们攀登
以清泉为你们滋润
生命和思想　可歌可泣

挥别名垂青史的先人
翘望千百年后晚辈
古寺继续庇荫
良善勤劳的延续

站上高耸的飞山
过往飘起了云烟
心中掂掂斤两
不产生海拔的错觉

没有五百年一千年
三宝顶上　神思一阵
谁人比山　看得久远

远望龙溪口

龙溪口　春和瑞的砖楼
深夜亮着一盏马灯
灯光染红贺龙的脸庞
照着实木桌上的地图
照亮红军穿街而过的脚步
敌人围追堵截的枪炮声
像黑夜一样漫过来
星星般微弱的光　随那盏灯
留在灰暗的龙溪口
当长征部队在战火远方
饮风浴血　纵马扬鞭
当年的灯光星光
把阴郁的古镇照亮
在商帮与匪患交集的史迹里
龙溪口有了红色故事
有了心口相传的期待
短短几天　数场战斗
㵲水唱响希望的歌谣
波浪一直流淌怀念

一朵花被晒上微博

绽开微笑　兴奋迈上
网络高处

一丝风　让它慵懒舒展
娇嫩而水灵　又一丝风
它娇声立起脚尖　欢喜
在一丛绿叶扑闪

无数疯狂的“粉丝”
推波助澜　肉麻的赞美
让它忘记　自己是谁

恭维喝彩　山晕水眩
一群不上微博的风雨
不小心　撞飞几瓣美丽

喧嚣　瞬间消退
掌声　涌向新的娇美
它陷入失落　飘飘跌下
无底的空洞

屋前一片过冬的萝卜

几十株精壮的萝卜
绿油油　写几行楷书
没有屋檐遮风挡雨
冷飕飕　抱在一起

少年短句般的足音
被长辈挑担提篮声掩盖
早出晚归　把萝卜
写进成长的作业

雪后的绿叶不再稚嫩
一撇一捺又经霜体验
根茎一点点拱出泥土
像学生苦读抬起头来

打开屋门新的一天
翻开萝卜崭新的课本
寒冷书写的晶莹剔透
温室的书本印刷不出

群山有无数星光

雨声于清明节就绪
有些想法翻来覆去
滴答拍响山间的草木
连绵的词句
说出了植物的泪珠

把敬畏呈给土地
祖先从嫩芽伸出耳朵
无数枝叶
听阳光的温暖
覆盖村庄的肌肤

把爱置顶温馨的花瓣
女性亲人用香甜
让我们每天感受滋养
母爱绽放的花朵
漫山遍野

先辈以古树的毅力
在泥石扎下艰难的根须

即使某天不存活了
坚强和挺拔
一代代遗传

清明节用得最多的词义
我们说过千遍万遍
群山有无数星光
每年都飞出幽暗

秋阳染红古镇的屋檐（组诗）

在龙溪书院

静谧在屋顶仰望
瓦片摊开　泥土气
年份不详的线装书
书香　阳光

那刻　浓重的北方口音
从都市泛光的台阶
平平仄仄走来
有土话洋话的腔调
走进温暖的诗句

朱砂点红一个大“福”
承接天井有限的光亮
学子为这个字解读百年
桐油刷过的木柱木板
书声还在斑驳反光

小窗开处　许多东西

向远处飞翔

临阳公栈

阁楼的琴声早已飘散
拖家带口的人们
在战火硝烟中颠簸而去

那几位航校的赤子
成为林徽因上战场的弟弟
他们守护祖国的天空
捐躯在救国的史记里
你用抒情诗文和不朽建筑
念叨他们　身上的病痛
伴随国难的多艰
在新中国的抚慰里痊愈

一段凛冽记忆留在晃县
回望家国颠沛流离的历史
更珍惜人间的四月天

三益盐店

枪炮硝烟中的文化长征
躲避日军侵略的铁蹄
漫漫中华文明的火炬
北来　南往

清华北大南开
十一位教授二百四十四名学生
三月寒冷中急迫抵达
连不时抢掠的湘黔边匪患
也偃旗息鼓　远致敬意

船舶杂陈的码头
响彻闻一多先生的演讲
学生沿途的宣传
鼓动起边民的踊跃
抗战　参军　募捐

盐店的地面上
依稀还有发光的脚印

在清匪反霸展馆

害怕山高林深的长路
突然跳出的凶神恶煞
抢劫平安和希冀

红军队伍掠过的火把
擦亮了沉痛的夜色
南下的四十七军摧枯拉朽
拯救了不安的山寨
将葱茏树上的邪恶

一枝一叶剪除

走在山高林深的路上
鸟鸣悠远
呼应内心的宁静

在民族文化传习所

木板铺开坚实的足音
傩戏从天井寨深处走来
在咚咚推擂响的节奏里
有民展馆的明亮　重温
踩桥的精彩　秋风响动
梅子坪博物馆的文物“宝贝”
倾诉农耕文化的心声

侗音腾起飞翔的想象
大学名教授鼓掌共鸣
走南闯北的诗人点赞
给侗族木版画
嵌入都市肯定的目光
用电子屏填补不同时空的鸿沟
让非遗与现代共振经典

侗草堂

坐诊的木椅上

响起久远的侗语
祖传医道的衰微
在不安中痛楚反复

黄连鸡血藤扯丝皮金银花
乡间的根根叶叶
携阳光风雨雷电　酸甜苦辣
与众生一同努力
驱除生命的暗黑
为冷暖悲欢的人世疗伤

用侗语的音节提气
以汉字的笔画清心
古镇秋阳的晴朗
花草根茎会一一述说

除贫记（组诗）

陡坡公路

黄土路扭曲自己
松风把山鸟送入云中
陡坡矗立　车轮
恐惧地缓慢攀爬

几段山民起伏颠簸的故事
奔出开头便刹住向往
命运怕从陡峭处
无奈坠落

伤痛已经翻越过去
新生代山里人
捧出醇厚的腊肉米酒
迎接轰隆隆的机械
笑纳一波波帮扶

大山终于张开洞口
深藏的山歌
乘车笛穿越而去

屋场会

电线从木楼拉出一团光
椅子凳子顿时安静
村支书一脸笑容
扶贫队长掏出红色本子
翻开政策翻开打算
直至把自己的心
翻给大家看

几张木质苍老的椅子
咽住随时破碎的吱嘎声
向灯光左挪右挤

夜半灯熄
屋场边的小樟树
听夜虫议水果药材
也听蛙声说红米稻的收成

搬迁的日子

起霉的话一扫而光
笑声来了
老屋打起精神

从心酸的家务
收拾往事的衣物厨件

米桶青黄不接的嘀咕
搅醒沧桑木讷的农具

苦柚矮壮无言
山茶举着枯瘦手掌
枞树杉树摇动枝叶
不再有如泪的水珠

性急的大门漏出破音
熟悉的微风加大音量
沿腰身弯弯的竹竿
爬往生长缓慢的橘树

悬于上学路的童心
在崭新书包安顿下来
汽笛从热闹的楼前穿过
农田撑起飘香的大棚

目送

刚开始是崖坎
用险峻抬高拱手
将你们从逼仄的木楼
送出沧桑的大门

门口缺乏想象的阳沟
沟边屁股大的平整地

把旧木凳挪出视线
窗户瓦檐在目送
一棵纤瘦的桂树
摇晃依依的枝叶

菜园在高崖上目送
青菜望穿上下的脚窝
悲喜交集的旧宅
默默祝福

风声没有一丝挽留
山下安置区的召唤
按响汽车的迎候

潺潺山溪

月亮爬上晚霞的山头
荡漾鸟群归家的足音
芦草从秋日的路旁斜出
弹奏一段低吟的溪水

溪岸铺展葡萄的长藤
被进城的鸡鸭嘎嘎撩起
摘果装车的笑声散去
漫山的菜棚果树
弥漫山野香甜的气息

昔日残破的卵石路边
月光的足迹干干净净
溪水擦洗回忆的月色
谁将水泥公路牵上山头
谁给水面最美的倒影

亲情的响动

村路无言缓慢
静寂的中秋时光
被扶贫队员的摩托
鸣响

风声有序起伏
小鸟飞入一幅油画
平静溪水
泛起斑斓的波光

大人慈祥地唤小孩儿
鸡鸭自由地鸣叫
走村串户的月饼
圆润着每张笑脸

这是攻坚脱贫后的傍晚
笑声令熟悉的小村惊愕
以为谁家晚辈归来
喧腾
张灯团聚的节日

闹年锣

大小锣班锣　大小钹牛皮鼓
成群结队跃出木楼
咚咚锵锵的问候
越过三百六十五级台阶

村寨团聚的天空
被万千归乡的翅膀拍响
漫山的阳雀画眉喜鹊
放声回应

锣鼓声扑啦啦扇动翅膀
向远方飞去亲人的呼唤
醉意的吉祥贺语
吐露埋藏一年的愿望

咚咚锵锵　鼓楼掀起过年欢腾
风雨桥走过贴心的笑脸
米酒糍粑香甜的侗寨
祝福　密密麻麻飞翔

过年

年　不是一个个加大的数字
是浓郁的草　在亲情的风中起伏
在柔软的阳光下　轻轻翻晒
每点枝叶　青嫩欲滴

遇上风调雨顺　年
会在我们心坎上舒展
从不紧不慢光阴长出绿芽
在诗经唐诗宋词的意境
绽放新的花朵
为沉香的年俗　播下种子

一点点丰盈的新年
最初从心灵的河床经过
有无数童年的想法
也有无数青壮年的打算
每走一天　都会经历平坦
翻越需要经过的沟坎

年过了　再年轻的村落

也会剥离一些往事
我们把可望而不可即的想象
弃于年头岁尾　而新春的期望
又把这一切覆盖
来年　又将重新鲜嫩

后记

春阳明艳，正月里浓郁的过年氛围温度尚热。年初十，我在家乡晃州路与长滩路间的一家酒店楼上，看窗外不远处的㵲水如铺展的绿毯，无声游动，温情，明亮，转个弯，朝龙溪古镇和县城流去。过年期间本无回乡打算，县里邀请参加一个新春恳谈会，便乘高铁兴冲冲回来了。会毕，因抢购不到返程票多留了一天。中午文友小聚，一友翻读多遍本县与周边县志，感叹我们对前人的一些成就缺乏研究，甚至毫不知晓，给外人留下新晃地方文化的土壤颇为贫瘠的印象。实际上，家乡的几个历史阶段都有着比较突出的特色文化。这给我的内心带来不小震动。

面对㵲水，望向水那面一直葱郁的青山，嫩绿深绿景色秀丽怡人，心里却难以平静。翻看手机日历，这天正是雨水节气，但气温异常偏高。去年这个时候的节气与今年这天的气象有着天壤之别。去年是雪多于雨的雪夹雨，让人对这节气的期待变得纠结和失落。同一节气，前后两年的对比十分强烈，只是遗憾没有诗兴。传统节气与地方民俗，除时间节点的意义之外，会被赋予许多内容。我多年在外地工作，以前假期少，交通不便，眼里的家乡便长期停留在春节和清明节两个突出的情景里。春节回家多，这也是当年写故乡多写年景的缘故。故乡的春夏秋，其实也是特别美好的，不在场，多遗憾。现因年龄离开职场，自主的时间多了，想深度看看故乡，比以前方便多了。

我一直以为，故乡人的物质生活，因长期闭塞贫穷而单调暗淡，不知山外离故乡不远的龙溪古镇，竟繁华多少年了。山中的精神生活，在半原始而近乎乌托邦式的少治理多自由的社情下，无疑是缺乏理论品质沉淀的，但并不等于肤浅或没有，且表现形式是丰富的。苦中作乐，自得其乐，随遇而安，而攀登向上的因子比例不怎么高。其实，前辈中有弥足珍贵的先贤。他们得益于自己的长辈开明，靠逐渐厚实的家底，更是有自我觉醒、勇敢奋斗的精神，走出大山开阔眼界，变“小我”为“大我”。他们的精神版图，与家国的发展进步同频共振。最近看到家乡的一本地方资料，一些进步青年在20世纪20年代初求学于京城及长沙、常德等地，开始接受先进思想的启迪和教育，投身国家和人民的解放事业。在黑色恐怖最严重时，他们中的唐伯赓、姚伯阳、姚季卿、田嘉敏等毅然回到家乡，唤醒民众，继续投入战斗，最终壮烈牺牲。这些先烈的其中几位，当年在深山农村的活动中心，距我老家很近，由于没有人挖掘和宣传，主要事迹一直流落民间，不为人知。文化的创造、发展和传承，这个精神的血脉，确实需要有奉献有良知的人们去努力实现。与家乡文友的交谈，让我浮想联翩。业余的涂涂写写，特别是离开职场后的动笔雅兴，想不到达到了可以结集的数量。静下心来，为文化的繁荣与发展做一些事，让我感到了生活的充实和意义。

本书的诗创作时间跨度很大，年轻时候的爱好在丢笔多年后与许多文学“归来者”一样，重拾初心。有的诗初稿于十多年前，如《我的胞衣地》《忧伤的山歌已远》《霞光漫过古树间》《童眼睁开》等，尽可能保持原貌，这次没有作大的修改。大部分诗作是近期写的，如《乡村改变着它的所有》《除贫记》《笑容从面颊飞走》等，真情流露，有的可能因匆忙而稍欠打磨。其中一些诗作已在报刊发表，有的被选入选本，但绝大多数一直锁在抽屉、存于优盘。就着悠闲时光，读文友赠书，看报纸杂志，不刻意却又提升了近段生活的质量，充实且快乐。我们这些年龄不小的诗歌爱好者，从多种行业、多态职场归来后，遇上并进入丰富多彩的当下诗歌生态，显得更加成熟。诗坛喧闹，气象万千，观念众多，流派纷呈。诗有用吗？它有什么价值？它与社会、与自身有什么关系？什么样的诗才是好诗？等等。当然，有的诗人、评论家的思考很有见地，有的诗人才华横溢，而有的诗作却变得让人摸不着头脑，高不可攀者时有出现。诗歌创作的变革创新一直热度不减，有价值的坚守很有意义，有的诗人长期坚持推崇好诗更是值得敬佩。写诗的人很多，但难以否定的是，诗的影响力变小了。对我而言，诗坛还是那个诗坛，一切更新顺应着某些发展的趋势，当属自然。有想表达的就写点儿，有闲时写点儿，写什么，怎么写，遵从内心。时代的进步与变化，身边生活的点滴，山乡的父老乡亲，都是我的关注点，是我创作的丰富源泉。本诗集的顺利出版，得到家人、湖南省作家协会和湖南省诗歌学会的领导朋友、中国电影出版社和湖南云上雅集文化传播有限公司的支持帮助，深表谢意！

今天又迎来一个好的节气——谷雨，这是二十四节气中的第六个。清晨比头几天清亮许多，雷阵雨也不再莽撞扫兴，远处轻雷几点，面前细雨潇潇。雨生百谷，令人遐想，但它又是春季的最后一个节气。愿我们珍惜春情，不负春光，继续勤劳，默默耕耘，期待终有所获。

姚茂椿

2024年4月19日于星城长沙